Saguaro

Illustrations originales

d'Anne Steinlein

À Romain, Sixtine et Léo.

L'évocation des coutumes indiennes relatives aux chevaux est empruntée à l'excellent ouvrage de Maria Franchini, Les Indiens d'Amérique et le Cheval, *aux éditions Zulma (2002).*
L'auteur remercie également Antoine Cloux pour son témoignage éclairé en matière d'approche de mustangs.

Pour nous écrire :

ÉDITIONS ZULMA
122, boulevard Haussmann
75008 Paris

www.zulma.fr

Loi n° 49-956 du 16 juillet 1949 sur les publications destinées à la jeunesse : mai 2010.

ISBN : 978-2-84304-514-1
N° d'édition : 514
Dépôt légal : mai 2010
Diffusion : Seuil – Distribution : Volumen
zulma@zulma.fr

Saguaro

Natalie Pilley-Mirande

Cahier éthologique
conçu par Natalie Pilley-Mirande

ZULMA ✷ JEUNESSE

DANS LA MÊME COLLECTION

Cœur de Mustang
de Natalie Pilley-Mirande

Saguaro
Ounga, pouliche des steppes

*

Le Ranch de la Pleine Lune
de Jenny Oldfield

Black Mustang
Rodéo Rocky
Calamity Joe
Lord Winnipeg
Lady Blue
Sacré Lucky
Indiana Boy
Princesse Luna
Little Ebony
Petite Orchidée
Bello Nino
Perle d'Or
Prince Galaad
Étoile d'Arabie
Bebop Mustang
Lady Cristal
El Dorado
Santa Ana
Chiquitita

*

Le Cheval du Vésuve
de Maria Franchini et Christine Saranovic

CŒUR DE MUSTANG

À première vue, Alice est une adolescente comme tant d'autres : elle habite à Paris, elle va au collège et elle pratique assidûment l'équitation avec ses deux meilleures amies. Une existence banale, en quelque sorte… À un détail près : son père est propriétaire d'un ranch au Wyoming, dans l'Ouest américain ! Le Ranch de la Vallée Cachée, un lieu magique où Alice passe tous ses étés, auprès de sa jument Ebony.
Là-bas, au cœur des grands espaces, Alice puise sa force et sa compréhension intime des chevaux, nourrissant son rêve de partir à la rencontre des derniers peuples cavaliers de la planète…

et en fin de volume
un cahier éthologique

RANCH DE LA VALLEE CACHEE

1

Sourd et lointain, le grondement enfla progressivement jusqu'à parvenir aux oreilles d'Alice encore endormie. Durant quelques secondes, avant d'ouvrir les yeux, elle se crut au beau milieu d'un rêve parsemé d'éclairs et de coups de tonnerre. Mais alors qu'il se rapprochait, éclatant de puissance, le grondement se fit plus précis et ne laissa bientôt plus de doute à Alice. N'était-ce pas le son qu'elle aimait le plus au monde, celui qui, chaque fois, la faisait frissonner d'une émotion toujours intacte ? Une horde de chevaux libres, au galop, martelant le sol de leurs sabots durs, faisant résonner la terre et le ciel…

Parfaitement réveillée cette fois, Alice sauta de son lit et se précipita à la fenêtre. Passant la tête à travers l'étroite lucarne, elle embrassa d'un seul regard l'extraordinaire spectacle qui s'offrait à elle.

Dévalant les pentes dans un joyeux désordre, se moquant des sentiers tracés, des chevaux par dizaines galopaient en direction du ranch situé en contrebas. Déjà les premiers d'entre eux s'engouffraient avec fracas à l'intérieur du corral, se bousculant au passage du portail grand ouvert. Quelques retardataires se détachaient encore sur la crête, poussés par trois cavaliers. À cet instant précis, le soleil se leva derrière la montagne et, flottant au vent, les crinières et les queues multicolores parurent s'embraser.

Si flamboyant que fût ce spectacle, Alice ne le ressentit pas moins comme une trahison. Pour la première fois depuis son arrivée dans le Wyoming, au début du mois de juillet, elle n'en était aujourd'hui que spectatrice et non actrice ! Jetant un coup d'œil rapide à sa montre, posée dans une petite niche près de la tête de son lit, elle vit que les aiguilles affichaient déjà sept heures et quart. « Oh, non, ce n'est pas vrai… Il ne m'a pas réveillée ! Ce fichu Mike a fait exprès de ne pas me réveiller pour le *wrangling* ! », gémit-elle, la voix frémissante de rage.

Depuis quatre ans qu'Alice Desormeaux passait tous ses étés au Ranch de la Vallée Cachée, le *wrangling* était sans conteste le moment fort de la journée. Pour rien au monde la jeune fille n'aurait manqué cette tâche quotidienne qui consistait à chevaucher très tôt le matin, avant l'aurore, pour aller chercher les quelque soixante chevaux du cheptel éparpillés dans la montagne. Chaque soir vers dix-huit heures, de mai à septembre, Jim et Gary, les deux cow-boys, libéraient hongres, poulinières et poulains afin qu'ils puissent monter vers les hauts pâturages. Seules étaient gardées au ranch, pour la nuit, les montures qu'utiliseraient le lendemain matin les cow-boys. Et bien qu'elle ne séjourne que deux mois de l'année au ranch, Alice n'était pas peu fière d'avoir droit, elle aussi, à ce noble statut !

C'était Justin Anderson lui-même, le régisseur du

Ranch de la Vallée Cachée, qui l'avait autorisée à participer tous les jours au *wrangling*. Mieux que cela, il le lui avait même demandé comme un véritable service, gratifiant ainsi la petite Française d'une sorte de reconnaissance officielle. « Après moi, Alice est probablement celle qui connaît le mieux les chevaux et les sentiers du ranch », avait-il lancé un jour, sans plaisanter le moins du monde – ce qui avait profondément vexé son fils Mike, l'inséparable compagnon de jeux d'Alice.

Fils unique de Justin et Ann Anderson, Mike avait quelques années de moins qu'Alice. Il était encore à l'école primaire alors qu'Alice était déjà au collège, mais cette différence d'âge ne les empêchait pas de s'apprécier car Alice avait un côté casse-cou et « garçon manqué » qui plaisait infiniment à Mike. De son côté, Mike était assez mûr pour son âge et surtout, Alice et lui s'étaient découvert une foule de points communs : ils avaient la même passion des chevaux et de la nature, bien sûr, mais ils étaient aussi intrépides, impatients et déterminés, pour ne pas dire têtus. « Mes parents disent qu'on s'entend bien parce qu'on a tous les deux un sacré caractère ! », disait souvent Mike à Alice en riant. C'est ainsi que chaque été depuis quatre ans, tous deux passaient le plus clair de leurs journées ensemble, se chamaillant en permanence mais ne pouvant se passer l'un de l'autre.

Du moins jusqu'à hier après-midi, quand Alice avait décidé que Mike la suivait un peu trop. Pour la première fois depuis leur rencontre, elle le soupçonnait d'être amoureux d'elle, suite à divers indices qu'elle avait trouvés bizarres : cette photo d'elle, par exemple, prise par Ann l'été dernier et qui avait glissé du tiroir de sa table de nuit… Ou encore cette façon qu'il avait eue de rougir jusqu'aux oreilles lorsque, en descendant de l'avion, elle l'avait enveloppé et serré dans ses bras à la manière américaine en lui plantant un gros bisou sur la joue ! Jusqu'à ce jour, Alice n'avait jamais pensé à Mike en ces termes, lui qu'elle appelait affectueusement « mon petit frère d'Amérique ». Mais cette idée que leurs rapports puissent changer au fil du temps l'avait contrariée et la veille, en fin d'après-midi, elle était partie faire un tour à cheval toute seule, sans même le prévenir. À son retour, Mike n'était pas là, et Alice n'y avait plus pensé de toute la soirée…

Ainsi donc, son ami s'était vengé en « oubliant » de la réveiller à cinq heures, comme il le faisait pourtant sans faillir chaque matin. « Il me le paiera », bougonna Alice tout en enfilant son jean, sa chemise bleue à carreaux et ses bottes lacées en cuir. Puis elle ouvrit la porte de sa petite chambre qui donnait directement sur le toit de l'écurie, auquel on accédait par un escalier en bois quasiment vertical.

Alors que Justin et Ann lui avaient maintes fois proposé de dormir chez eux, dans leur grande et confortable maison, Alice avait toujours clamé qu'elle préférait dix mille fois son « petit coin de paradis », comme elle l'appelait. Douillette et pleine de charme avec son plafond mansardé, ses recoins biscornus et ses murs tout en rondins, la chambrette avait surtout pour Alice l'avantage d'être le plus près possible des chevaux. La nuit venue, blottie sous sa couette, la jeune fille adorait les entendre souffler, s'ébrouer, se déplacer… Elle s'endormait alors avec ravissement, bercée et comme apaisée par leur présence.

Et puis la journée, de là-haut, Alice avait en prime la plus belle vue qui soit ! Niché à mille huit cents mètres d'altitude au creux d'un vallon entouré de montagnes, le Ranch de la Vallée Cachée portait son nom à merveille. Serpentant entre les bouleaux et les peupliers, une petite rivière miroitait d'éclats de soleil argentés. Au sud se trouvait la maison principale, longue et de plain-pied, entièrement construite en rondins comme l'ensemble des bâtiments. Un gazon anglais d'un vert éclatant, entretenu à la perfection par Jim qui faisait office de jardinier à ses heures perdues, lui donnait un aspect cossu et raffiné. Deux vieux chariots bâchés, datant de l'époque des pionniers, trônaient au milieu de la pelouse. Une longue allée bordée de belles palissades, constituées de rondins, menait au nord de la propriété. Là se trouvaient toutes les dépendances réservées aux chevaux et au bétail : corrals, grange à foin, écurie, sellerie… Juste derrière l'écurie où dormait Alice se dressait ce qu'on appelait « la cathédrale », immense paroi de rochers rouges hérissés dans le ciel comme des flèches de clochers. Enveloppant l'écrin de verdure du ranch, de hautes montagnes aux cimes enneigées formaient un cirque majestueux, culminant à près de quatre mille mètres d'altitude. Recouvertes de sombres forêts alpines jusqu'à mi-hauteur environ, les pentes se dénudaient ensuite jusqu'aux crêtes rocailleuses et battues par les vents.

Mais ce matin-là, l'heure n'était pas à la contemplation. Gênée par le disque presque blanc du soleil, qui avait déjà dépassé la crête, Alice mit sa main en visière et plissa ses yeux gris-vert. Dans une clarté floue, au travers des nuages de poussière soulevés par les sabots, elle discerna peu à peu les trois cavaliers fermant la marche du troupeau : tout d'abord Jim, monté sur sa jument Appaloosa, puis Gary sur son Quarter Horse alezan, et enfin Mike qui paraissait minuscule sur son grand palomino.

À présent, les chevaux remontaient en direction de l'écurie et s'amassaient autour des larges cuves en métal pour s'abreuver. Sans mettre pied à terre, Gary referma d'un geste habile le portail en bois du corral et, debout dans ses étriers, commença à compter les chevaux en les pointant de l'index un à un.

Un petit hennissement, très doux, retentit alors. Le visage jusque-là renfrogné d'Alice s'illumina et d'un bond, elle sauta par-dessus la barrière pour rejoindre un cheval à la robe noire.

« Mon Ebony chérie, c'est vrai qu'à cause de Mike tu es toute seule depuis cinq heures du matin ! », murmura tendrement Alice en lui entourant l'encolure de ses bras. L'espace d'un instant, les longs cheveux châtains de la jeune fille se mêlèrent à la crinière d'ébène de la jument.

La veille au soir, comme d'habitude, Alice avait enfermé Ebony avec les chevaux de Jim, Gary et Mike dans le petit corral adjacent à l'écurie. « Comme tu as dû être surprise de ne pas me voir arriver avec les autres ! », lui dit encore Alice, sentant la colère remonter dans son cœur à cette pensée.

Sur ces entrefaites, Jim et Mike arrivèrent et mirent pied à terre. À travers la barrière métallique qui séparait le petit du grand corral, Alice jeta un regard noir à Mike qui fit mine de l'ignorer. Elle s'apprêtait à l'accabler d'injures, lorsque Gary les rejoignit au grand trot et lança à la cantonade un « Il en manque deux ! » d'un ton exaspéré.

– Deux, tu es sûr ? demanda Jim.

– Puisque je te le dis ! On en a ramené cinquante-six, avec nos trois chevaux, plus Ebony qui est restée là, ça fait soixante. Donc il en manque deux.

Alice ne put réprimer un petit sourire narquois de satisfaction. D'un bond léger, elle s'élança sur le dos nu de sa jument et, la main à nouveau en visière, parcourut le troupeau du regard pendant une vingtaine de secondes.

– Pocahontas et Missouri, déclara-t-elle d'une voix tranquille mais triomphante.

– Tu es sûre ? demanda à nouveau Jim.

– Po-ca-hon-tas et Mi-ssou-ri, répéta-t-elle en détachant bien chaque syllabe, avec cette petite pointe d'accent français que la famille Anderson trouvait si délicieuse.

Visiblement agacé, mais impressionné malgré lui par l'incroyable connaissance qu'avait Alice des chevaux du Ranch de la Vallée Cachée, Gary fit à nouveau son compte. Puis il finit par acquiescer, tout en mâchouillant son éternelle chique de tabac :

– Alice a raison, c'est bien Poca et Missouri. Bon, on n'a pas le choix, il faut y retourner. Ils sont sans doute au Canyon du Grizzly, comme l'autre jour.

Alice eut un haussement d'épaules qui semblait dire : « Maintenant débrouillez-vous, ce n'est pas mon problème », et se laissa glisser à terre le long du flanc noir de sa jument. Le front haut et buté, elle traversa le petit corral, suivie d'Ebony. Le nez dans le cou de sa jeune maîtresse, comme attachée à chacun de ses pas, la jument semblait reliée à elle par une invisible longe.

En qualité de cow-boy en chef du Ranch de la Vallée Cachée, Gary se sentit une fois de plus irrité par cette gamine française qui le snobait régulièrement. Pour cet homme de près de quarante-cinq ans, réputé excellent homme de cheval et aux convictions bien tranchées, la pilule était difficile à avaler ! De son côté, Alice ne cherchait pas à cacher ses sentiments d'aversion envers Gary. Elle le trouvait macho, sûr de lui, autoritaire et surtout brutal avec les chevaux – ce qui, à ses yeux, était le pire défaut pouvant exister sur terre. Gary symbolisait pour elle la cruauté des méthodes ancestrales de dressage encore pratiquées dans ces régions profondes de l'Ouest américain. Elle l'avait surpris maintes fois en train de flanquer une raclée à un cheval apeuré ou récalcitrant, surtout aux poulains lors du débourrage. Et elle détestait la façon qu'il avait de planter ses éperons dans le flanc de sa monture à la manière de John Wayne dans les westerns démodés qu'il se passait en boucle, le soir, après le souper ! Alice aimait bien mieux Jim qui, à vingt-cinq ans, était timide et effacé, mais tellement gentil avec tout le monde – les hommes comme les bêtes.

Mike non plus n'aimait pas beaucoup Gary, qui le traitait comme un gamin. Avec Alice, il avait bien tenté de convaincre son père que le cow-boy taciturne pourrait chercher du travail ailleurs... Mais Justin avait répliqué d'un ton assuré que tout être humain a ses défauts, et qu'en tant que régisseur du Ranch de la Vallée Cachée, il trouvait chez Gary toutes les qualités requises pour ce genre de travail : « Vous ne vous rendez pas compte, surtout toi, Alice, qui n'es encore jamais venue ici l'hiver, à quel point Gary est pour moi un formidable bras droit. Cela fait douze ans qu'il travaille ici, il connaît parfaitement le travail des chevaux et du bétail, et il ne rechigne jamais à la tâche, même au plus rude de l'hiver quand il fait moins trente degrés dehors. Laissez donc votre sensiblerie au vestiaire et ne venez plus me parler de ça ! » Justin Anderson était l'homme le plus adorable qui soit, mais quand il fronçait ses sourcils épais et prenait sa grosse voix, chacun dans son entourage filait doux... même Mike ou Alice ! À partir de ce jour, ils n'avaient plus osé en reparler devant Justin. Mais leur antipathie partagée pour Gary était devenue un de leurs sujets de conversation favoris lorsqu'ils n'étaient que tous les deux.

À présent, Justin remontait l'allée menant de la maison principale à l'écurie et se dirigeait vers eux. C'était un grand et bel homme d'une cinquantaine d'années, à forte carrure et au visage affable orné d'une splendide moustache.

– B'jour, patron. Nous devons y retourner, nous avons loupé Poca et Missouri, lui annonça Gary d'emblée en désignant la montagne d'un mouvement du menton.

– C'est Alice qui a repéré tout de suite quels chevaux manquaient, précisa Mike, tout en jetant un regard confus à la jeune fille.

« Il essaie de se racheter, le traître ! », pensa Alice, toujours en colère. Mais au fond d'elle-même, la petite voix de sa conscience lui disait : « C'est de bonne guerre ! Tu es partie sans lui hier après-midi, il est parti sans toi ce matin. Maintenant, vous êtes quittes. » Alice était susceptible, la moutarde lui montait facilement au nez, mais elle avait bon cœur et n'était pas de nature rancunière. Aussi, lorsque Justin lui dit : « Eh bien, Alice, selle donc ta jument et va les chercher avec Mike. Vous serez bien assez de deux, ce matin j'ai besoin de Jim et Gary », elle fit mine d'hésiter juste pour la forme. Debout à ses côtés, attendant sa réponse d'un air anxieux, Mike était si attendrissant avec ses cheveux blonds coupés en brosse, son visage constellé de taches de rousseur, son petit nez retroussé et son sourire gêné ! Tout d'un coup, Alice s'en voulut de ses pensées méchantes et donna une bourrade affectueuse à son ami :

– Bon, d'accord. Mais dis-toi bien que j'y vais uniquement pour les chevaux, pas pour te rendre service !

– Non, les enfants, attendez, se ravisa Justin. Mike, attache plutôt ton cheval et dessangle-le. Je préfère que vous mangiez avant de repartir. Ann vous avait gardé un bon petit déjeuner au chaud pour votre retour.

À grandes enjambées, il repartit vers la maison. Alice et Mike lui emboîtèrent le pas et pénétrèrent derrière lui dans une vaste pièce chaleureuse, décorée de sculptures de chevaux en bronze et de tableaux représentant des scènes de l'Ouest traditionnelles. Les tons chauds du bois étaient rehaussés par les couleurs vives de plusieurs tapis indiens coiffant d'énormes poutres apparentes. Tout un pan de mur était occupé par une large cheminée en pierre devant laquelle se trouvaient un grand canapé, trois fauteuils et une table basse garnie de revues équestres ou artistiques. Tous les meubles étaient en bois, faits main, et reflétaient l'esprit du Far West. Plusieurs têtes d'animaux naturalisées ornaient les murs, souvenirs de l'époque désormais révolue où Justin pratiquait abondamment la chasse : mouflons, chèvres de montagne, cerfs à queue blanche, grands cerfs wapitis, et même un ours noir. C'est par amour pour son fils que le régisseur du Ranch de la Vallée Cachée avait mis un terme définitif à sa passion.

Une jolie femme blonde, fine et menue, entra par la porte battante en provenance de la cuisine, les bras chargés d'un large plateau. Alice se précipita joyeusement à son cou pour l'embrasser, manquant de tout renverser. « Allons, Alice, fais donc attention ! », gronda gentiment Ann Anderson.

Alice adorait cette femme douce et souriante, toujours gaie, qui lui prodiguait une affection toute maternelle durant les deux mois qu'elle passait chaque été au ranch. Fine psychologue, Ann connaissait bien Alice et savait que l'adolescente était trop orgueilleuse pour reconnaître, même au bout de plusieurs semaines, combien sa mère lui manquait. De son côté, Ann, qui était beaucoup plus jeune que Justin et n'avait pu avoir d'autre enfant après la naissance difficile de Mike, voyait secrètement en Alice la fille qu'elle aurait tant aimé avoir. Pour cette femme de rancher, qui vivait dix mois sur douze dans l'univers exclusivement masculin du Ranch de la Vallée Cachée, la présence d'une autre figure féminine était un bonheur de tous les instants.

Alice et Mike s'installèrent chacun devant une grande assiette garnie de deux œufs au plat, d'une tranche de bacon grillé et d'une galette de pommes de terre finement hachées. De sa mère, et malgré son jeune âge, Mike avait hérité la finesse d'observation : il vit qu'Alice suçotait rêveusement sa tranche de bacon, le regard perdu dans une grande photo encadrée au mur. On y voyait un homme brun aux yeux clairs, d'une quarantaine d'années, entourant de part et d'autre les épaules d'Ann et Justin.

C'était Philippe Desormeaux, le père d'Alice, le propriétaire du Ranch de la Vallée Cachée.

2

Tout le reste de l'année, à dix mille kilomètres de là, Alice Desormeaux menait à Paris la vie de n'importe quelle collégienne de son âge. Elle habitait dans un appartement du XIIIe arrondissement avec sa mère Irène, qui était professeur de piano au Conservatoire, son beau-père Jacques et sa petite sœur Noémie, âgée de deux ans.

Chaque matin, Alice prenait le bus pour se rendre au collège où elle retrouvait Emma et Clara, ses deux meilleures amies. Surnommées « les inséparables » par tous les professeurs, les trois adolescentes s'étaient connues sur les bancs de l'école maternelle et ne s'étaient plus jamais quittées. Alice les considérait presque comme des sœurs, tant elles se connaissaient intimement et se comprenaient à demi-mot. Elles passaient tant de temps ensemble ! Toute la semaine au collège, et tous les samedis après-midi au club hippique de la Coulée Verte, en forêt de Saint-Cloud, à l'ouest de Paris.

C'était Alice qui avait initié ses deux amies à l'équitation. Au début, cela n'avait pas été facile de convaincre leurs parents respectifs… Surtout ceux de Clara, qui avaient une peur bleue des chevaux et considéraient l'équitation comme un sport des plus dangereux ! Mais Alice, qui n'était pas du genre à renoncer, avait effectué un véritable travail de fourmi : elle avait déniché des statistiques sur le sujet, interrogé des médecins et même glissé dans les mains des parents, stupéfaits devant une telle détermination, plusieurs articles de presse scientifique vantant les mérites de son sport favori. Sous la plume de respectables professeurs d'université, on y apprenait par exemple que la pratique de l'équitation était excellente pour la musculature dorso-lombaire, l'équilibre et la confiance en soi. Finalement les parents s'étaient laissé convaincre, et les trois adolescentes étaient devenues des cavalières assidues et passionnées.

Tous les samedis, Alice trépignait d'impatience avant de partir au club. Après la semaine laborieuse au collège, où elle était plutôt bonne élève bien qu'un peu distraite – « bons résultats scolaires, mais quelle bavarde ! », pouvait-on lire chaque trimestre sur son bulletin –, c'était pour elle un véritable bol d'air. Une sorte de parenthèse enchantée au contact de la nature dont Alice, bien qu'elle eût toujours vécu en ville, éprouvait un besoin presque physique.

Et puis surtout, il y avait les chevaux... Du plus loin qu'elle se souvienne, Alice les avait toujours aimés, rêvés, admirés. Toute petite déjà, elle ne pouvait passer en voiture devant un pré où se trouvait un cheval sans supplier son père ou sa mère de s'arrêter quelques instants pour aller le caresser à la clôture. Peu lui importait qu'il fût beau ou laid ! Elle avait commencé à monter à poney dès l'âge de six ans et aujourd'hui, les murs de sa chambre étaient entièrement recouverts de posters de chevaux du monde entier.

Au fond, Alice aimait plus les chevaux que l'équitation. Au club hippique, les moments qu'elle appréciait par-dessus tout étaient ceux où elle s'occupait du cheval que lui avait attribué la monitrice – le pansage, la douche… – bien plus que les leçons elles-mêmes, où pourtant elle excellait. Alice différait en cela d'Emma et Clara qui, alors qu'elles étaient moins bonnes cavalières, étaient nettement plus motivées par leurs premiers concours ou le passage de leurs galops. « C'est normal, avec l'incroyable expérience que tu vis maintenant au Wyoming, ici tout doit te paraître petit et étriqué », lui avait un jour fait remarquer Emma, en englobant d'un geste du bras le club hippique avec ses écuries bétonnées. Alice n'avait rien répondu, mais elle savait que son amie avait vu juste. Comment ne pas trouver monotones ces reprises où l'on tournait indéfiniment en rond ? Comment ne pas penser à la poussière dorée des montagnes Rocheuses, soulevée par les sabots de « ses » petits chevaux américains, quand les grands Selle français du club de la Coulée Verte ne soulevaient que de la sciure de manège ? Même les balades en forêt, pourtant l'une des plus belles de la région parisienne, lui semblaient ternes et sans surprise. Depuis sept ans qu'elle montait dans ce club, elle n'avait croisé en tout et pour tout qu'un chevreuil ! Elle qui, là-bas, galopait parfois au milieu d'une harde de wapitis…

Pourtant, Alice n'était absolument pas blasée. Au contraire, elle appréciait à sa juste mesure la chance qu'elle avait de pouvoir pratiquer son sport favori et côtoyer son animal préféré de longues heures par semaine.

Simplement, elle avait deux vies. Une vie de tous les jours, banale et agréable. Et une autre vie, son rêve, son secret, son Eldorado... Un talisman précieux, planté au creux de son cœur comme un trésor, pour toujours.

Au collège comme au club hippique, seules Emma et Clara étaient au courant de l'existence du Ranch de la Vallée Cachée. Même à Stéphanie, sa monitrice d'équitation qu'elle aimait beaucoup, Alice n'avait pas osé raconter son « incroyable expérience », comme disait Emma. Par pudeur, peut-être, ou parce qu'elle avait peur de passer pour une crâneuse. Ou encore, tout simplement, parce que dévoiler son jardin secret, c'est toujours perdre un peu de sa magie... Alors, pour justifier ses progrès équestres, Alice disait simplement à Stéphanie que chaque été, sur ses lieux de vacances, elle faisait énormément de balades à cheval. À la rentrée, Stéphanie se disait qu'Alice était décidément très douée et qu'elle avait acquis une remarquable assiette. Elle était loin de se douter que deux mois d'affilée, la jeune cavalière ne passait pas moins de huit heures par jour en selle !

Alice n'oublierait jamais le jour où elle avait reçu la lettre de son père lui annonçant qu'il venait d'acheter un ranch dans le Wyoming. Ce matin-là, comme à l'accoutumée, elle n'avait pas reçu de nouvelles de lui depuis plusieurs mois. Elle avait beau y être habituée, ce silence ne la faisait pas moins souffrir en secret. Alice se souvenait à peine d'avoir vécu avec son père, qui avait quitté la maison lorsqu'elle avait cinq ans. Diplômé d'une prestigieuse école d'ingénieurs de Paris, Philippe Desormeaux était devenu un spécialiste mondialement reconnu en pétrochimie. Il avait effectué plusieurs voyages professionnels aux États-Unis alors qu'Alice était encore bébé, et s'était finalement vu proposer la direction d'une filiale française à New York. Le couple s'était séparé, et Alice avait vécu seule avec sa mère jusqu'à l'âge de dix ans environ.

C'est à cette époque qu'Irène avait rencontré Jacques Levasseur, qui tenait, sur la rive gauche de la Seine, un magasin d'instruments de musique. Elle l'avait épousé dans la foulée, quand elle avait appris qu'elle était enceinte de Noémie. Alice s'entendait bien avec Jacques, et surtout elle adorait sa petite sœur.

Fallait-il y voir un signe du destin ? Les rares souvenirs qu'Alice avait de son père lorsqu'il vivait encore avec elle étaient toujours liés aux chevaux : son père la soulevant de terre pour la jucher sur un poney au bois de Boulogne... Son père l'emmenant voir le défilé des chevaux de la garde républicaine sur les Champs-Élysées... Son père la prenant tout contre lui, à l'avant de sa selle, pour une promenade ventée sur la plage de Deauville... Mais au fil du temps, Philippe Desormeaux était devenu de moins en moins présent dans la vie d'Alice. Plus les années passaient, plus les sentiments de la fillette bientôt adolescente devenaient ambivalents envers son père. C'était un homme à la fois fantasque et brillant, insupportable et fascinant, capable de faire l'aller-retour New York-Paris juste pour le repas d'anniversaire de sa fille. Parfois, sans raison apparente, il lui envoyait un cadeau somptueux qu'elle n'osait montrer à personne et cachait dans sa chambre. Puis il disparaissait des semaines entières, et Alice n'avait même pas un coup de téléphone. « Tu sais bien qu'en ce moment il ne peut pas t'appeler, lui expliquait patiemment sa mère. Il est en mission de longue durée sur des plates-formes pétrolières, en plein océan Atlantique. » Mais Alice n'était pas dupe du baume qu'Irène tentait de mettre sur sa blessure, elle haussait les épaules avec exaspération.

Et puis il y avait eu cette lettre extravagante, qui allait bouleverser à jamais son existence tranquille et routinière. Alice l'avait reçue alors que sa mère était déjà partie au travail et qu'elle prenait son petit déjeuner, juste avant de se rendre au collège. Elle tenait de la main gauche sa tartine beurrée, et de la main droite l'épaisse liasse de feuillets recouverts de l'écriture tourmentée de son père. La tartine était restée suspendue en l'air tandis qu'Alice, stupéfaite, lisait et relisait sans comprendre des lignes qui se brouillaient sous ses yeux : « ... en mission de recherche sur les puits de pétrole du Wyoming... » ; « ... eu le coup de foudre pour un ranch à vendre de cinquante mille hectares, à la frontière du Montana… » ; « … l'ai acheté en tant que placement immobilier, mais aussi et surtout pour mon plaisir – et le tien !… » ; « … une soixantaine de chevaux de races Quarter Horse et Paint Horse, plus mille cinq cents têtes de bétail – des vaches de race Black Angus… ». Alice pourrait y aller autant qu'elle le voudrait durant ses vacances d'été, « à condition de bien travailler à l'école ». Sur le moment, elle avait éclaté d'un rire nerveux. Voilà que son père se préoccupait de ses résultats scolaires, maintenant !

Entendant sonner la pendule à coucou de la cuisine, Alice prit conscience qu'elle était désormais en retard pour le collège et n'avait plus le temps de lire la suite. Enfournant la lettre dans la grosse enveloppe beige tamponnée de timbres « USA » et de la mention « Priority », elle attrapa à la volée son sac et son blouson en jean, donna un tour de clé à la porte et courut jusqu'à l'arrêt de bus. Une fois installée au fond du véhicule, elle reprit sa lecture avec avidité : son père donnait des détails sur le ranch, situé dans un site sauvage et préservé « d'une beauté exceptionnelle », soulignait-il à deux reprises, et sur la famille Anderson, « qu'il avait hâte de lui présenter tant ils étaient adorables ». Enfin, il expliquait à Alice qu'il téléphonerait ce week-end et que si sa mère était d'accord, il lui enverrait un billet d'avion pour le début du mois de juillet.

À la fin de la lettre, après la signature « ton papa qui t'aime », il y avait un post-scriptum : « Il y a aussi une surprise qui t'attend là-bas. Voir les photos ci-jointes. »

Au fond de la grosse enveloppe se trouvait une plus petite enveloppe blanche qu'elle n'avait pas eu le temps de remarquer. Les doigts tremblants malgré elle, Alice en retira une dizaine de photos représentant un beau cheval noir en liberté dans une prairie, sur un fond de montagnes. Les clichés étaient pris sous tous les angles : de près, de loin, de face, de profil… Et Alice eut beau inspecter chaque photo en mettant quasiment le nez dessus, il n'y avait pas de doute possible : la robe de ce cheval était totalement, indéniablement, somptueusement noire ! De la naissance des paturons jusqu'à la pointe des oreilles, on ne voyait pas un seul crin blanc, pas l'esquisse d'une balzane, pas l'ombre d'une pelote en tête… Au dos de la première photo figurait simplement la légende : « Ebony, cinq ans. Jument de pure race Morgan. »

Complètement sonnée, Alice faillit manquer l'arrêt de bus. Elle arriva en retard au cours d'histoire-géo, bredouillant des excuses inintelligibles au professeur qui lui intima l'ordre de rejoindre sa place d'un geste agacé. Les professeurs ne voulant pas que les « inséparables » soient assises côte à côte en classe, Emma et Clara se trouvaient chacune à un bout de la salle, et lui jetèrent un regard interrogatif auquel elle répondit à peine.

Ce jour-là, Alice n'écouta pas un mot du cours sur la guerre de Cent Ans. Les yeux au plafond, mordillant le bouchon de son stylo, elle rêvait d'un cheval à la robe noire comme la nuit… Inlassablement, les mêmes mots dansaient dans sa tête : « Ebony, cinq ans. Jument de pure race Morgan. »

Quand la sonnerie retentit, Alice sursauta et rejoignit dans le couloir ses deux amies qui la harcelèrent de questions : « Mais qu'est-ce que tu as ? Qu'est-ce qui t'est arrivé ? Allez, raconte ! »

En guise de réponse, les yeux brillants et un sourire mystérieux sur les lèvres, Alice brandit très haut l'enveloppe dans sa main.

Trois jours après, tout était réglé. Irène et Philippe s'étaient longuement parlé au téléphone, ils s'étaient mis d'accord : à condition qu'elle soit admise dans la classe supérieure, Alice s'envolerait le 2 juillet prochain pour New York. Son père l'y attendrait pour l'emmener lui-même au Wyoming, à la rencontre d'Ebony et du Ranch de la Vallée Cachée.

3

Leur copieux petit déjeuner achevé, Alice et Mike se levèrent de table et remontèrent l'allée en direction de l'écurie. Pénétrant dans le petit corral, Alice s'approcha d'Ebony et prononça doucement le mot « baisse ». D'elle-même, la jument plongea la tête dans un licol bleu turquoise en corde tressée, muni d'une longe de la même couleur qui faisait ressortir l'incroyable robe d'ébène à laquelle elle devait son nom.

C'était une jument plutôt petite, d'environ un mètre cinquante au garrot – une taille convenant parfaitement à Alice, qui n'était elle-même pas très grande bien que sa silhouette fût élancée. La jeune fille avait d'ailleurs toujours préféré les petits chevaux, qu'elle trouvait plus souples et plus maniables, surtout en terrain accidenté. Ebony avait une jolie tête fine, un regard à la fois doux et vif, et cette élégance propre à sa race, qui faisait le prestige équin de la Nouvelle-Angleterre depuis les années 1850. Pour couronner le tout, elle portait d'un seul côté de l'encolure une crinière ondulée, très longue et très épaisse, qu'Alice refusait obstinément de couper car elle aimait l'aspect sauvage que cela donnait à sa jument.

Titubant sous le poids d'une belle selle western en cuir gravé, Mike sortit de la sellerie.

– Regarde, pour me faire pardonner le mauvais coup que je t'ai fait ce matin, je vais seller ta jument ! dit-il en haletant, avant de déposer la selle d'Alice sur le rondin d'attache.

– Ah, ça c'est bien, Mike, tu remontes dans mon estime, répondit Alice en riant, heureuse de s'être réconciliée avec son ami. Mais laisse-moi lui faire un bon petit pansage avant.

Elle entra dans la sellerie et en ressortit immédiatement, une brosse douce dans une main, une étrille dans l'autre. Puis elle massa Ebony sur les reins et la croupe, avec de petits mouvements circulaires que la jument semblait beaucoup apprécier. Alice passa ensuite la brosse douce sur sa robe de jais au poil brillant, « un signe de bonne santé », comme expliquait toujours Justin, et enfin lui cura les quatre pieds, qu'elle avait très petits et très durs. Une fois que Mike eut mis l'épais tapis aux motifs indiens et la selle sur le dos d'Ebony, Alice lui enfila son filet en cuir muni d'un simple hackamore à branches courtes.

Alors que la plupart des chevaux du ranch étaient harnachés en filet et mors traditionnels, Alice était très fière de monter sa jument en hackamore. Cela correspondait en tout point à la façon qu'elle avait de la diriger à la voix, que ce soit pour tourner, reculer ou modifier son allure. Se servant uniquement du poids des rênes, Alice avait recours à des aides très légères comme l'assiette ou les jambes. Elle aimait cette sensation de monter un cheval qui répondait aussitôt à la moindre sollicitation, sans rien dans la bouche. Tout le contraire de Gary, qui semblait prendre plaisir à glisser dans la bouche de ses montures des mors toujours plus fins et plus durs !

Alice enfila ensuite par-dessus son jean sa vieille paire de chaps en cuir bordées de franges, qu'elle ne quittait jamais, même au plus chaud de l'été, et son chapeau noir à larges bords. Enfin prête, elle enfourcha sa jument et attendit que Mike la rejoigne sur Timber, le beau Quarter palomino que son père lui avait offert l'an dernier.

Timber était grand pour un Quarter Horse, mais il avait une quinzaine d'années et surtout un tempérament en or, qui le rendait fiable en toutes circonstances. C'est donc avec une totale confiance que Justin et Ann les laissaient partir de longues heures à cheval, tout seuls sur des sentiers dont ils connaissaient le moindre détour.

En fait, ils ne partaient pas vraiment seuls : Tucker, l'inséparable compagnon de Mike, les accompagnait tout le temps ! C'était un adorable berger australien, aux longs poils noirs et feu, au poitrail blanc, qui était né le même jour que Mike. Le chien et le garçon avaient grandi ensemble, et Mike avait raconté au moins une dizaine de fois à Alice l'histoire véridique de Tucker qui avait sauvé la vie de son petit maître.

C'était il y a des années, au début du mois de

février, alors que Mike avait à peine dix-huit mois. Justin était absent pour deux jours, parti à la vente aux enchères de chevaux de Billings, dans le Montana. Ann avait été appelée en urgence par Gary auprès d'une jument en colique. Le bébé avait échappé à la surveillance de sa mère pendant quelques minutes seulement, le temps qu'Ann aille constater l'état de la jument et appelle le vétérinaire. Mais ces quelques minutes avaient suffi au bébé pour ouvrir la porte et s'éloigner de la maison. Lorsque Ann, horrifiée, avait découvert la disparition de Mike, elle n'avait pas la moindre idée de l'endroit où il fallait le chercher. De plus, la nuit commençait à tomber, un froid vif descendait des montagnes sur la vallée. Accompagnée de Gary, elle s'était mise à courir de tous côtés en appelant son fils d'une voie aiguë et désespérée, que l'écho renvoyait de canyon en vallon. Au bout d'un temps qui lui avait paru interminable, la jeune femme avait entendu au loin les aboiements de Tucker, sourds et étouffés. Guidés par les aboiements répétés, qui se muaient en hurlements plaintifs au fur et à mesure que l'obscurité progressait, Ann et Gary avaient couru à travers la prairie de sauge et commencé à gravir le sentier de la Montagne des Wapitis. C'est un peu plus haut qu'ils avaient enfin retrouvé Mike, les mains et le visage tout sales de poussière, pleurnichant mais sain et sauf. Le bébé avait glissé dans le creux d'un rocher. Seul son petit visage émergeait de la douce fourrure épaisse de Tucker qui était couché sur lui et le recouvrait presque de tout son corps. Submergée par l'émotion,

Ann avait compris que le fidèle berger, mû par un magnifique instinct et son amour pour Mike, avait choisi de rester auprès du bébé pour le protéger du froid glacial de la nuit tombante...

Alice sourit en repensant à cette belle histoire tandis que Mike, deux doigts dans la bouche, émettait un court sifflement. Soudain, Tucker surgit d'on ne sait où et aboya à la vue des deux chevaux sellés. Longeant la mare qui surplombait le ranch, Alice et Mike s'éloignèrent alors, au pas, en direction de la montagne.

– Toi aussi, tu penses que Pocahontas et Missouri sont au Canyon du Grizzly ? demanda Mike à Alice.

– Oui, il y a des chances. Commençons par là. S'ils n'y sont pas, on se séparera pour remonter chacun d'un côté vers le Pic du Sphinx.

Ils franchirent tout d'abord la Rivière d'Argent, qui marquait la limite entre la partie entretenue du ranch et le début des territoires sauvages. Puis ils arrivèrent au niveau d'une porte située le long d'une clôture de barbelés.

– Je la prends, dit Mike en sautant à bas de son cheval.

– Décidément, tu es bien galant aujourd'hui ! le taquina Alice.

Éternel et immuable, le « rituel des portes » faisait partie des plaisirs simples de la jeune fille au Wyoming. Les cinquante mille hectares de prairies et de montagnes du Ranch de la Vallée Cachée étaient divisés en différentes pâtures, afin que les chevaux comme les vaches profitent de la meilleure herbe. Plusieurs fois au cours de chaque sortie à cheval, il fallait donc mettre pied à terre, ouvrir la porte tout en tenant sa monture, laisser passer les autres cavaliers, puis refermer la porte soigneusement. Alice adorait s'acquitter de cette tâche... sauf quand le nœud de barbelé, qui reliait la porte au poteau de bois de façon plutôt archaïque, était tellement serré qu'elle n'avait pas la force de le détendre !

Une fois la porte refermée, Mike remonta en selle et tous deux commencèrent à gravir un sentier assez raide qui zigzaguait à travers les pins.

– Doucement, Ebony, on commence juste ! dit Alice à sa jument qui cherchait déjà à accélérer l'allure.

D'un tempérament très vif, Ebony semblait toujours dotée d'une énergie inépuisable. Mais ce matin-là, plus encore, elle ne tenait pas en place.

– C'est normal, elle a dû être sacrément frustrée ce matin de nous voir partir sans elle pour le *wrangling*, reconnut Mike avec une sincérité qui alla droit au cœur d'Alice.

Le soleil était déjà haut dans le ciel du Wyoming, d'un bleu pur et intense comme Alice n'en avait jamais vu ailleurs. Il ne faisait pas encore trop chaud. Une petite brise soufflait avec délice. Les deux cavaliers s'engagèrent alors dans une vaste forêt de bouleaux, l'arbre préféré d'Alice. Elle ne se lassait pas de voir les rayons du soleil danser dans les frondaisons frémissantes, éclairant de reflets cuivrés leur tronc d'une éclatante blancheur. Vacillant sous la brise légère, les feuilles accrochaient la lumière comme autant de petites flammes.

Au bas d'une pente raide, juste au niveau d'un énorme rocher blanc, un sentier à peine visible partait sur la droite, plongeant au milieu d'épais taillis. Sans hésiter, Ebony s'engagea dans l'étroit sentier.

– Tu as vu, Mike ? C'est elle qui a tourné, je ne lui ai rien demandé !

– Elle a dû sentir les deux chevaux, là-haut, dans le canyon. Elle est vraiment incroyable, ta jument !

Alice lui adressa un sourire radieux. Elle qui détestait les compliments à son égard n'aimait rien tant que les louanges à propos d'Ebony !

Le sentier montait désormais au travers de rochers et de buissons touffus. Tout à coup, un crépitement caractéristique, semblable au roulement d'une crécelle, retentit. Ebony s'arrêta net, pointant les oreilles vers un petit éboulis de rochers situé à quelques mètres devant elle.

– Tu entends, Mike ? Il y a un serpent à sonnette !

– Oui, je l'entends, mais je ne le vois pas. Et toi ?

– Non, pas encore.

Le bruit devenait de plus en plus fort. Soudain le serpent apparut au creux du rocher, le corps ondulant lentement, la sonnette crépitant au bout de sa queue dressée.

– Il faut le tuer, Mike, il doit avoir son nid juste sur le sentier et il pourrait mordre les chevaux au passage.

– D'accord, faisons vite.

Aussitôt dit, aussitôt fait : ils mirent pied à terre, laissant brouter leurs montures qui semblaient indifférentes au serpent maintenant qu'il était sorti de sa cachette. Pendant que Mike ne quittait pas le reptile des yeux, qui ne bougeait plus, la tête blottie au milieu de son corps lové mais la sonnette crépitant de plus belle, Alice chercha un morceau de bois adéquat. Elle revint quelques instants plus tard munie d'un long bâton, saisit le couteau Buck qu'elle portait toujours dans un étui de cuir accroché à sa ceinture et l'ouvrit. Puis elle tailla rapidement une petite fourche au bout du bâton et s'approcha doucement du serpent qui, au lieu de s'enfuir, restait pétrifié à les regarder. On voyait très bien ses petits yeux jaunes à l'étroite pupille noire, et sa langue fourchue qui faisait l'aller-retour dans sa bouche avec la régularité d'un métronome. Alice et Mike se consultèrent du regard et, d'un coup, Mike aplatit le talon de sa botte sur la queue du serpent, en prenant garde de ne pas abîmer la sonnette, tandis qu'Alice enfonçait la fourche de son bâton au niveau de la nuque pour l'immobiliser. Ainsi prisonnier, le serpent ne pouvait désormais plus nuire à quiconque. Tout en maintenant, de la main gauche, la tête du serpent plantée dans le sol, Alice s'accroupit et, d'un geste habile et rapide, lui trancha la tête de la main droite avec son couteau. Mike la regardait faire, impressionné comme à chaque fois qu'Alice tuait un serpent rencontré en route : il avait beau y être habitué, cette petite Française de Paris avait un sacré cran !

– Celui-là était assez gros, Jim pourra se faire encore un beau rond de chapeau ! se réjouit Alice en tenant le serpent sans tête à bout de bras. Elle ne paraissait pas dégoûtée le moins du monde par le sang qui s'échappait du cou tranché, ni par le corps mou qui continuait d'onduler.

– Je pourrai garder la sonnette pour ma collection ? Regarde, elle a sept anneaux !

– Si ça te fait plaisir, prends-la, j'en ai d'autres.

Un souvenir lui vint à l'esprit, qui la fit sourire : celui de la tête qu'avaient faite Emma et Clara lorsque, à son premier retour du ranch, elle leur avait offert à chacune une sonnette de serpent disposée comme un bijou dans une boîte d'allumettes garnie de coton !

Alice jeta au loin la tête du reptile et mit le reste du corps dans un sac en plastique qu'elle fourra dans sa sacoche de selle. Puis les deux cavaliers se remirent en selle et continuèrent leur chemin.

Peu de temps après, Ebony et Timber se figèrent comme des statues, fixant un point situé légèrement plus haut, au pied d'un imposant bloc de pierre.

– Écoute, Mike, j'entends des branches qui craquent là-haut, ce doit être Poca et Missouri.

– Oui, ils sont sûrement au pied du Rocher Troué.

L'impressionnant rocher vertical en forme de lance, présentant une large béance à travers laquelle on pouvait voir le ciel bleu, surplombait le canyon. Il était situé tout en haut d'une crête de rochers rouges et brisés, sculptés par le vent des

Rocheuses, qui évoquaient la muraille crénelée d'un château fort.

Alice poussa alors son « tililililililili » habituel, celui qu'elle utilisait toujours pour appeler et rameuter les chevaux. Tout le canyon résonna de son cri, qui s'amplifia et se répéta avec une tonalité caverneuse. On entendit encore craquer des branches, puis deux chevaux apparurent, l'un alezan et l'autre rouan.

« Poca, Missouri, espèces de canailles ! Allez, la récréation est terminée ! » Alice se dirigea d'un côté et Mike de l'autre, pour empêcher toute tentative de fuite. Mais les deux chevaux, sans rechigner, descendirent au travers du canyon et s'engagèrent d'eux-mêmes sur le sentier. Parvenus au gros rocher blanc, ils tournèrent à gauche et s'élancèrent au galop sur le large chemin en direction du ranch.

Cette fois, Alice n'avait plus aucune raison de freiner sa jument. « Vas-y, ma beauté ! », lui chuchota-t-elle à l'oreille. Ebony jaillit aussi vite que l'éclair et, comme à chacun de ses fulgurants départs au galop, le cœur d'Alice fit un bond dans sa poitrine. Dans ces moments-là, plus que jamais, la jeune fille ressentait cette mystérieuse fusion avec sa jument qu'elle n'aurait su expliquer avec des mots, et qui la menait parfois au bord des larmes. Penchée sur l'encolure, le visage fouetté par le vent et la rapidité de sa course, elle avait l'impression très physique que le corps d'Ebony était le prolongement de ses propres jambes. Alors la jument et sa cavalière ne faisaient plus qu'une, crins mêlés pour l'éternité.

Mike la suivit, riant de plaisir et d'excitation. Tous deux filèrent au triple galop derrière Pocahontas et Missouri qui, connaissant le chemin par cœur, avaient eux-mêmes bifurqué vers l'entrée sud du ranch. Juste après le passage de la rivière, que les quatre chevaux franchirent dans un éclat de gerbes, Alice remit sa jument au pas afin d'obéir aux ordres très clairs de Justin : « On ne revient jamais au galop à l'écurie. » De loin, elle vit les fugitifs s'engouffrer à travers la porte du corral que Justin, qui surveillait leur arrivée, ouvrit juste le temps de les laisser passer.

– Bravo, les enfants, vous n'avez pas mis longtemps ! Vous pouvez desseller vos chevaux, j'ai une petite surprise pour vous. Je vous emmène quelque part.

– Où ça, où ça ? s'écrièrent Alice et Mike d'une même voix.

– À deux heures de route d'ici, dans le désert du Serpent Rouge. C'est aujourd'hui qu'a lieu le rassemblement annuel des mustangs, organisé par le Bureau d'Aménagement du Territoire. J'ai pensé que ça ferait plaisir à Alice d'assister à ce spectacle, c'est une expérience rare et une occasion unique pour elle.

Alice et Mike grimpèrent sur la large banquette du 4 x 4 Suburban rouge de Justin. La radio diffusait un morceau de musique country et Justin, tout joyeux, roulait à vive allure sur la piste en terre qui les éloignait du ranch. De chaque côté de la route s'étendaient d'immenses prairies à l'herbe grillée par le soleil, parsemées de milliers de buissons de sauge odorants. Des petits lapins bondissaient de buisson en buisson, à peine effarouchés par leur passage. À l'horizon se profilaient, dans une brume de chaleur montante, les crêtes bleutées du parc national de Yellowstone. Environ cinq cents mètres plus loin apparut la porte d'entrée principale du ranch, construite selon la tradition locale : deux poteaux de bois et, tout en haut, se balançant au vent sous un troisième poteau horizontal, une pancarte ornée de bois de cerf sur laquelle étaient gravés les mots « Ranch de la Vallée Cachée ». La première fois qu'elle avait franchi cette porte avec son père, trois ans auparavant, Alice n'avait pu en croire ses yeux en découvrant le paysage grandiose qui s'y découpait. Cette porte si pittoresque qu'elle franchissait avec une joie démesurée chaque été, en arrivant de l'aéroport, était tout un symbole pour elle. Elle s'était fait prendre en photo à cheval, juste en dessous, des dizaines de fois !

Il leur fallut rouler encore près de trente kilomètres sur la piste pour trouver la route nationale bitumée. Justin prit la direction du sud et, environ une heure plus tard, s'engagea à nouveau sur un chemin de terre en mauvais état, profondément raviné par le ruissellement des orages d'été. De temps à autre, une antilope dont les yeux noirs semblaient bordés de khôl surgissait et s'enfuyait à leur vue. Ils continuèrent ainsi jusqu'à un vaste plateau désertique et rocailleux qui s'étendait sous les cimes chapeautées de neiges éternelles des Rocheuses.

Au beau milieu de ce désert, comme une pyramide égyptienne, se dressa soudain un immense dédale de monticules de terre ocre, de formes et de hauteurs variées. Au pied de ce labyrinthe se trouvait un petit lac à moitié asséché, sur la berge duquel se dessinaient dans le sable des centaines d'empreintes de sabots évoquant les signes étranges d'une écriture cunéiforme.

« Le Canyon du Serpent Rouge », leur annonça Justin d'un ton emphatique. « Il abrite depuis plusieurs années l'un des derniers troupeaux de mustangs du Wyoming. Tenez, regardez, le rassemblement a commencé. »

Au cœur de ce *no man's land* apparut alors le spectacle surréaliste de rutilants pick-up aux couleurs criardes qui jouxtaient de vieux Trailors tout rouillés : il y avait là une vingtaine de véhicules, immatriculés pour la plupart dans le Wyoming et le Montana. Quelques chevaux, déjà sellés, étaient attachés aux Trailors sous un soleil de plomb. Il n'y avait pas un souffle de vent et la chaleur, écrasante, abolissait les couleurs.

Justin ralentit et gara le Suburban près des autres véhicules. Avant même de descendre de voiture, Alice vit qu'une quinzaine de chevaux étaient déjà enfermés dans le corral métallique. Son cœur se mit à battre à tout rompre : c'était la première fois de sa vie qu'elle voyait des mustangs de si près ! De vrais chevaux sauvages, symboles mythiques du Far West... Ils lui parurent plus petits que dans son imagination, et d'une variété de robes impressionnante : baies, alezanes, grises, pies, tachetées... Quelques chevaux seulement restaient calmes, la plupart passaient la tête par-dessus la barrière supérieure en hennissant de peur, d'autres encore s'envoyaient de furieuses ruades. « Ces chevaux viennent d'être capturés, ils n'ont pas encore été triés, leur expliqua Justin. Pour peu qu'ils ne fassent pas partie de la même harde, au début, les conflits sont inévitables. »

À ce moment, ils entendirent le vrombissement d'un hélicoptère et levèrent les yeux. L'engin apparut dans le ciel, tout en haut du canyon, volant à quelques mètres seulement au-dessus d'une nouvelle harde de chevaux. Les yeux écarquillés, Alice et Mike regardèrent le troupeau descendre au grand galop le dédale de sentiers, dans un nuage de sable jaune et de poussière ocre. Une fois que tous les mustangs furent en bas, trois véhicules tout-terrain, roulant à folle allure et secoués de soubresauts, les encadrèrent pour les pousser vers le corral et empêcher toute fuite sur le côté.

Une agitation sans nom régnait dès lors autour d'eux. Plusieurs cow-boys criaient des ordres que personne ne pouvait entendre, à cause de la cavalcade et du rugissement de l'hélicoptère. Enfin, l'un d'entre eux ouvrit toute grande la porte du corral où les mustangs pénétrèrent dans un vacarme étourdissant.

Les trois véhicules tout-terrain se garèrent juste à côté de Justin. L'hélicoptère s'immobilisa au-dessus du parking, puis se posa en douceur. Comme dans un ralenti, Alice vit les pales de l'hélice tournoyer de plus en plus lentement jusqu'à l'arrêt complet. Le rugissement du moteur se tut. Déjà les deux cow-boys avaient refermé la porte du corral sur les chevaux prisonniers. Tout était fini.

4

– Quelle fournaise ! soupira Mike en s'épongeant le front avec le bas de son T-shirt.

– Ça oui, il doit faire quarante degrés aujourd'hui ! approuva Alice tout en attrapant une bouteille d'eau dans la glacière posée sur le siège arrière du Suburban.

En regardant son joli visage cramoisi, Mike n'aurait su dire si c'était à cause de la chaleur étouffante du désert ou de l'émotion qu'avait suscitée en elle le spectacle de la capture des mustangs. « Sans doute un peu les deux », se dit-il avec sagesse, sans oser lui poser la question pour ne pas la vexer.

La plupart des chevaux s'étaient maintenant calmés, excepté trois ou quatre qui continuaient de mordre ou d'envoyer des coups de pied à droite et à gauche. Alice en compta environ une quarantaine, dont une dizaine de poulains qui restaient littéralement collés à leur mère. Juste à côté du corral, sous une petite cahute improvisée pour se protéger du soleil, on avait dressé une table constituée de larges tréteaux de bois. Deux hommes en uniforme beige y étaient assis et recevaient l'un après l'autre les volontaires au programme d'adoption, essentiellement des ranchers de la région.

– Celui qui est à gauche est mon ami Joe Cranfield, nous étions ensemble au lycée, dit Justin. C'est lui le responsable du cheptel des chevaux sauvages de cette partie du Wyoming. Celui de droite est probablement le vétérinaire fédéral, qui a pour mission de vacciner les chevaux, les vermifuger, les marquer à l'azote, et bien sûr examiner leur dentition pour connaître l'âge de chacun.

– Ces chevaux vont-ils tous être adoptés aujourd'hui ? demanda Mike, qui posait toujours des questions précises et pertinentes.

– Non, cela dépend : certains vont être dirigés vers des centres d'adoption permanents, répartis sur tout le territoire américain ; ils ne seront pas adoptés avant plusieurs semaines. D'autres vont partir dans des centres spécialisés d'éducation de chevaux sauvages, car certaines personnes désirent posséder un mustang mais ne veulent pas se charger elles-mêmes de son dressage. Enfin, d'autres encore vont être choisis et adoptés sur place ; ils repartiront dès aujourd'hui ou demain pour leur nouvelle demeure.

– Alors n'importe qui peut décider de façon improvisée de venir chercher un de ces mustangs ? demanda Alice sur un ton inquisiteur.

– Absolument pas. Les gens que vous voyez là ont déjà rempli un formulaire de pré-inscription. Lorsqu'on s'inscrit au programme d'adoption, on doit signer une sorte de charte destinée à protéger les mustangs de toute intention malveillante. Il faut prouver qu'on dispose des installations adéquates, mais aussi des compétences, pour accueillir le mustang dans les meilleures conditions possibles. Il y a des critères très stricts, comme la taille du corral ou la hauteur des clôtures. Il faut venir chercher le mustang avec un camion ou un van dont la porte s'ouvre sur le côté, et non verticalement sur une rampe. Il faut aussi être exempt de toute plainte pour mauvais traitements envers les animaux. Enfin, il faut promettre qu'on ne vendra jamais le cheval à la boucherie. C'est interdit par la loi fédérale américaine !

Justin avait conclu son petit discours avec, dans la voix, cette pointe de patriotisme à laquelle Alice était habituée.

– Mais qui va vérifier ? interrogea Alice, sceptique.

– Les employés du Bureau d'Aménagement du Territoire, qui sont chargés de faire des inspections. Et puis, pendant un an, le mustang appartient toujours au gouvernement. C'est seulement au terme de cette période d'un an, après visite de l'inspecteur, que le propriétaire a droit à son titre définitif.

– Justement, si au bout d'un an ce type-là revend son mustang à quelqu'un d'autre ? insista Alice en s'énervant. À son tour, celui-là pourra le revendre à l'abattoir comme n'importe quel cheval, non ?

– Dis donc, miss SPA, tu es toujours aussi soupçonneuse ? répliqua Justin qui adorait asticoter Alice et la faire sortir de ses gonds. Crois-tu que dans ton pays la protection des animaux soit mieux gérée que dans le nôtre ? Nous, au moins, on ne mange pas de viande de cheval ! Et puis vous autres

Français n'avez guère de leçons à nous donner, vous qui n'avez même pas été capables de sauver vos derniers malheureux ours dans vos montagnes des Piranhas !

– Des Pyrénées, espèce d'ignare ! rétorqua Alice en éclatant de rire malgré elle.

Même quand elle n'était pas d'accord avec Justin, Alice n'arrivait jamais à lui en vouloir. Il était tellement attachant ! Tout comme Ann et Mike, d'ailleurs. Dès leur toute première rencontre, elle avait ressenti une profonde tendresse envers la famille Anderson qui l'avait accueillie à bras ouverts, avec cette spontanéité et cette chaleur propres aux manières américaines. Le jovial et blagueur Justin, la douce Ann et l'espiègle Mike faisaient désormais partie de sa famille. Elle se sentait parfaitement à l'aise avec eux – même si, à chacun de ses séjours, elle ressentait de profondes différences de mentalité entre Français et Américains.

Mais leur conversation fut interrompue par des appels et des hennissements violents en provenance du corral. S'approchant plus près des barrières en métal, Alice distingua alors trois cow-boys à cheval, tentant d'attraper au lasso un mustang qu'elle avait du mal à distinguer dans une telle cohue. Elle décida alors de grimper sur le toit du Suburban pour mieux voir et resta la bouche ouverte, comme pétrifiée.

À quelques mètres d'elle se trouvait le cheval le plus magnifique qu'elle ait jamais vu : il avait une robe pie noire et blanche, luisante de sueur, et une très longue crinière également bicolore. Il était plus grand et plus musclé que les autres chevaux, avec un poitrail très large et une arrière-main puissante. Les oreilles complètement couchées sur la tête, les yeux dilatés de terreur, il se débattait comme un diable, cognant contre les parois métalliques du corral. Instinctivement, les autres chevaux s'étaient écartés de lui, laissant la voie libre aux trois hommes munis chacun d'un lasso.

– Tu as vu ça ?

Alice sursauta en entendant la voix de Mike, qui l'avait rejointe sur le toit du Suburban.

– Il est trop beau, ce cheval !

Alice ne trouva rien à répondre. Beau ? Tellement plus que cela… Irréel, plutôt, comme sorti tout droit d'un rêve, avec sa rage de liberté et sa robe somptueuse. Alice constata qu'une longue cicatrice lui barrait le chanfrein. « Sans doute la marque d'une bagarre avec un autre cheval », murmura-t-elle à elle-même.

C'est alors que Justin, resté un moment à discuter avec Joe Cranfield et ayant entendu sa réflexion, se hissa jusqu'à eux :

– Non, Alice, je viens d'apprendre que ce cheval avait déjà été attrapé une première fois, l'an dernier. C'est un étalon, à tous les coups un chef de harde. Lors du dernier rassemblement, il s'était tellement débattu qu'il avait blessé plusieurs cow-boys et réussi à casser la barrière, puis à s'enfuir dans le désert. C'est en se cognant aux barrières de métal qu'il s'est blessé à la tête. À l'époque déjà, les hommes l'avaient surnommé « le cheval fou ».

– Ils n'avaient pas cherché à le récupérer ? demanda Mike.

– Non, ils n'allaient pas repartir avec l'hélicoptère et tout le tintouin juste pour un cheval ! D'ailleurs le Bureau ne voulait pas cet étalon en particulier, mais simplement un certain quota de mustangs. Aujourd'hui les hommes l'ont reconnu à sa cicatrice, et bien sûr aussi à sa couleur de robe très particulière. C'est pour cela qu'ils cherchent à l'attraper avant les autres.

– Eh bien, ils vont avoir du mal..., dit Mike en grimaçant.

L'étalon faisait maintenant face aux trois hommes, qui laissaient tournoyer leur lasso au-dessus de leur tête pour mieux viser. Soudain, il se cabra de toute sa hauteur en battant l'air des antérieurs. Juste à temps pour ne pas être atteints, les hommes tirèrent d'un coup sur les rênes pour faire reculer leurs montures.

Les mains plaquées sur la bouche pour étouffer un cri, Alice vit alors un homme sauter de la barrière et se diriger droit vers le mustang, les deux bras levés. C'était un Indien, probablement assez vieux, bien qu'il fût difficile de lui donner un âge. Il était de petite taille, trapu et musclé, avec une démarche un peu disgracieuse mais un port de tête altier. Il était vêtu d'une chemise à carreaux à manches courtes, d'un jean et d'épaisses chaps en cuir. Ses cheveux très noirs, éclairés de fils argentés, lui tombaient jusque sur les épaules.

Sans quitter l'étalon des yeux, l'homme tourna légèrement la tête et prononça quelques mots à l'intention des trois cow-boys derrière lui, qui opinèrent de la tête et mirent pied à terre. Alors seulement le mustang retomba au sol, la robe blanche d'écume, la tête très haute, les membres tremblants. Ses yeux lançaient des éclairs en direction des cavaliers qui sortaient maintenant un à un leur monture du corral. À son tour, comme une sorte de réponse, l'Indien baissa les bras et recula de quelques pas, tout en chuchotant des paroles incompréhensibles.

– Mais qui est cet homme ? interrogea Mike, une expression d'incrédulité sur le visage.

– Je n'en ai aucune idée, mais je vais me renseigner auprès de Joe, répondit Justin en se dirigeant vers la petite cahute.

Alice, elle, ne disait rien. Elle ne parvenait pas à détacher son regard du vieil homme qui continuait de marcher à reculons sans quitter le mustang des yeux.

– Comme ils se ressemblent..., murmura-t-elle.

– Pourquoi tu dis ça ? lui demanda Mike, étonné.

– Je n'en sais rien...

Enfin l'Indien sortit du corral, puis engagea la conversation avec les trois cow-boys et les responsables du Bureau. Au bout de quelque temps, Justin revint vers Alice et Mike :

– Il s'appelle Nobie Wakantahoe. C'est un Indien Shoshone, une tribu des Grandes Plaines. Un solitaire qui se déplace d'état en état, de ranch en ranch.

On ne lui connaît ni femme ni enfants. Le Bureau fait parfois appel à lui lors des rassemblements, car il a la réputation d'avoir le don d'apaiser les chevaux sauvages et de les dresser en douceur. Une sorte de fluide, de magie, m'a dit Joe... Selon lui, c'était une erreur de pénétrer à cheval dans le corral. Ce cheval est un étalon dominant, il ne connaît pas ces trois Quarter Horses. Nobie pense qu'il vaut mieux rentrer à pied dans le corral, et ne surtout pas chercher à l'attraper au lasso.

Le vieil Indien pénétrait à nouveau dans le corral, muni cette fois d'un simple licol en corde. Il mit plus d'une demi-heure à approcher le mustang sans provoquer de fuite de sa part, et une autre demi-heure encore à lui faire accepter la caresse de sa main et le licol autour de la tête. Mais Alice ne vit pas le temps passer, fascinée par la patience et par la douceur du vieil homme aux gestes lents.

Justin aussi semblait très impressionné. « Cet homme me serait sacrément utile au ranch », murmura-t-il à lui-même.

– Qu'est-ce que tu dis, papa ? lui demanda Mike.

– J'étais en train de penser qu'il nous faudrait quelqu'un comme lui au ranch, surtout cette année. Il y a beaucoup de poulains de deux et trois ans à débourrer, les chevaux et le bétail à marquer, toutes les poulinières sont pleines, la saison va être chargée...

– Eh bien, demande-lui s'il est disponible et dans ce cas, propose de l'embaucher puisque ton ami Joe t'a dit qu'il allait de ranch en ranch, suggéra Mike avec son esprit de logique habituel.

– Oh oui, Justin ! renchérit Alice. Il nous apprendrait plein de choses, ce serait formidable pour nous aussi ! Se penchant vers Mike, elle lui glissa à l'oreille : Et surtout pour les poulains ! Si seulement ils pouvaient échapper au débourrage traditionnel de Gary…

– Qu'est-ce que vous complotez encore, tous les deux ? questionna Justin d'un air suspicieux.

– Rien, rien ! Allez, va lui parler !

– Après tout, pourquoi pas, ça ne coûte rien de lui demander. D'autant que lors de son dernier séjour, ton père, Alice, m'avait donné carte blanche pour embaucher quelqu'un en plus, si je jugeais que Jim et Gary ne suffisaient pas.

Alice fit la grimace. Le « dernier séjour » de son père au Ranch de la Vallée Cachée remontait à plus de quatre mois, et n'avait duré que quelques jours. Ce n'était pas un séjour, mais une visite éclair ! Il lui revint alors à l'esprit la façon dont Irène, qui mettait pourtant un point d'honneur à ne jamais critiquer son ex-époux devant sa fille, surnommait avec moquerie le Ranch de la Vallée Cachée « le caprice de ton gamin de père ». Ann et Justin, qui aimaient beaucoup Philippe, déploraient eux aussi qu'il ne reste jamais très longtemps. « Toujours entre deux avions, ton père ! » résumait Ann avec fatalisme et regret. De son côté, Alice aurait bien aimé que son père passe plus de temps avec elle au ranch, lorsqu'elle-même y passait tout l'été. Généralement, il venait y séjourner au moins une semaine avec elle. Mais cette année, il n'était pas encore venu, n'avait même pas appelé (sauf le premier soir, pour s'assurer qu'elle était bien arrivée), et on était déjà presque fin juillet...

La jeune fille fut tirée de ses pensées par Justin qui revenait vers eux, une expression perplexe sur le visage.

– Alors, alors ? le pressèrent Alice et Mike.

– Eh bien... Il est disponible, et il cherche du travail.

– C'est génial ! Alors vous vous êtes entendus ?

– Mais... il y a un petit problème.

– Quoi, quoi ?

– Eh bien... Voilà : le « cheval fou », là, ce cheval dangereux... Il l'a adopté. Et il n'accepte de prendre le travail qu'à une seule condition : qu'on prenne son mustang avec lui au Ranch de la Vallée Cachée...

Sur le chemin du retour, Alice et Mike étaient survoltés. Ils avaient mis à peu près autant de temps à convaincre Justin de tenter l'expérience que Nobie en avait mis pour mettre le licol au mustang. Une heure de pourparlers et de supplications leur avait été nécessaire pour vaincre ses réticences, alternant les arguments rationnels – « tu as vraiment besoin d'aide pour la saison de débourrage, tu l'as dit toi-même, Justin ! », ou encore « ce n'est pas un problème, maintenant que Sally a pouliné, il y a une pâture et un corral disponibles pour l'isoler des autres chevaux » – et le recours aux grands sentiments – « allez mon petit papounet chéri, pour me faire plaisir ! », ou bien « Oh, Justin, un véritable Indien et un véritable mustang, rien que pour nous... toute la légende de l'Ouest, dont tu es si fier ! ». En fin d'après-midi, Justin et Nobie s'étaient donné la poignée de main scellant leur accord verbal. Parce qu'il connaissait bien Justin, Joe avait rédigé une dérogation lui permettant d'accueillir sans formalités le mustang au Ranch de la Vallée Cachée, en attendant que les nouveaux formulaires soient remplis. Il était entendu que le vieil Indien arriverait au ranch dès le lendemain matin, accompagné de l'étalon sauvage du désert.

Ce soir-là, juste avant le souper, Mike vint voir Alice dans sa chambre. Elle venait de prendre une longue douche pour se débarrasser de la sueur et de la saleté qui lui collaient à la peau depuis son retour du désert du Serpent Rouge. Tandis qu'elle séchait ses cheveux en bataille avec une serviette, Mike lui lança d'un ton complice et énigmatique :

– Dis donc, Alice, pour fêter ça, si on la faisait ce soir, notre balade nocturne ? C'est la pleine lune !

Alice arrêta une seconde de se frictionner les cheveux :

– Tu as demandé à tes parents ? Ils sont d'accord ?

– Ils ne sont pas là ce soir, ils sont invités à dîner en ville, chez Bill et Susan Bradshaw. D'ailleurs ils sont déjà partis. Gary aussi est sorti, c'est son jour de congé. Il y a seulement Jim.

Alice hésita une seconde : chaque été, Mike et elle

s'offraient au moins une balade nocturne à cheval, mais jamais sans prévenir Ann et Justin.

– On devrait les appeler pour leur dire, non ?

– Mais non, on va les inquiéter pour rien, ça va leur gâcher leur soirée et ils vont rentrer plus tôt exprès. De toute façon, si on part juste deux heures, on sera rentrés bien avant eux, et on leur dira demain matin !

Alice réfléchit encore quelques instants. Mike n'avait pas tout à fait tort ; le ranch était situé à une heure de route de la ville. Une heure aller, une heure retour, plus tout le temps du repas…

– Bon, d'accord. Mais on mange vite fait et on part juste après, d'accord ?

Tout excités par leur projet clandestin, les deux amis avalèrent en quelques minutes, sans prendre le temps de le savourer, l'excellent repas qu'Ann leur avait pourtant préparé avec amour : des aubergines et des courgettes grillées, farcies de viande de bœuf hachée. Puis ils empilèrent leurs assiettes et leurs couverts sales dans l'évier, lancèrent un rapide « bonne nuit » à Jim, plongé dans son film d'horreur préféré, et remontèrent vers l'écurie.

Ebony et Timber parurent surpris de les voir arriver, un licol à la main ; ils finissaient à peine leur ration de foin du soir. Cette fois Alice sella elle-même sa jument, s'émerveillant comme à chaque fois de la beauté et de la qualité de sa selle. Encore un cadeau de son père ! Trois ans auparavant, il la lui avait fait faire, sur mesure, par le sellier le plus réputé de la région. Émue de ce précieux et trop rare moment de complicité, elle avait passé plus d'une heure avec son père chez l'artisan, dans un petit atelier qui fleurait bon le cuir, à discuter de l'utilisation, de la forme et des motifs de décoration souhaités. Tournant sur elle-même entre les mains expertes du sellier muni d'un mètre de couturière, elle avait eu l'impression troublante de choisir sa robe de mariée : tour de taille, tour de hanches, tour de cuisses, longueur des jambes… Le sellier n'avait rien oublié, y compris le fait qu'elle grandirait encore de plusieurs centimètres dans les années à venir ! En artiste exigeant et passionné, il avait également tenu à venir jusqu'au Ranch de la Vallée Cachée pour voir, inspecter et mesurer la jument à laquelle était destinée la selle. « Une bonne selle doit être confortable pour le cavalier, mais aussi et surtout pour le cheval », lui avait-il expliqué – une leçon qu'elle n'oublierait pas de toute sa vie.

En serrant la sangle de corde garnie de peau de mouton autour du ventre d'Ebony, par petits mouvements successifs pour ne pas la comprimer, Alice caressa de sa main libre le cuir lisse et chaud, gravé de fleurs d'hibiscus sur le siège, les quartiers et le bord des étrivières. Après Ebony, bien sûr, cette selle était sans aucun doute le plus beau cadeau que lui ait jamais fait son père !

5

La nuit tombait déjà sur la vallée lorsque Alice et Mike s'éloignèrent au petit trot du ranch. Tucker les suivait, aussi étonné que les chevaux de ce départ tardif. Les deux cavaliers traversèrent la rivière sans ralentir l'allure, soulevant de fines gouttelettes d'eau qui scintillèrent comme des lucioles sous la lumière blanche de la lune.

Alice leva les yeux vers l'astre énorme et rond qui venait tout juste d'apparaître derrière la cime des pins. Nulle part ailleurs que dans les montagnes Rocheuses elle n'avait admiré de tels levers de lune, aussi émouvants qu'un lever de soleil, mais auréolés de cette mystérieuse magie que leur conférait le voile nocturne.

– Mince, tu as pris ta lampe de poche ? lui demanda Mike. J'ai oublié la mienne !

– Non, cette nuit c'est inutile, on y voit quasiment comme en plein jour !

Effectivement, à mesure que la lune montait dans le ciel sans étoiles, toute la montagne semblait éclairée par le faisceau d'un immense projecteur. Mais au fur et à mesure qu'ils s'éloignaient du ranch, le brouillard se levait. Il se dégageait une atmosphère étrange, presque fantomatique, des rochers rouges pointés vers le firmament. Soudain un hurlement retentit, suivi d'un silence de plomb.

– Un coyote ! s'exclama Alice.

– Ou bien un loup, répondit Mike. Depuis qu'ils ont été réintroduits dans le parc de Yellowstone, certains se sont aventurés assez loin dans les vallées.

Moins rassurée qu'elle voulait le faire paraître, Alice raccourcit légèrement ses rênes pour empêcher sa jument de distancer le palomino. Ebony avait un excellent pas, très rapide et très régulier. Peu de chevaux du ranch étaient capables de la suivre sans trottiner. « Un bon cheval, c'est avant tout un cheval avec un bon pas », disait toujours Justin.

Ils gravissaient à présent le sentier très raide menant au Pic du Sphinx, s'arrêtant régulièrement pour faire souffler leurs montures.

– On ferait peut-être mieux de ne pas aller jusqu'en haut du Pic, et de rentrer par la prairie, suggéra Mike en pointant du doigt le brouillard qui s'épaississait de plus en plus.

– Tu as raison, n'allons qu'au premier col et redescendons par le Sentier du Hors-la-Loi, répondit Alice, soulagée de ne pas avoir à exprimer elle-même la sourde angoisse qui montait dans sa poitrine.

Les cavaliers continuèrent de monter en silence. Trois cerfs se profilèrent soudain sur la crête sombre, silhouettes délicates éclairées par la lune à la manière d'ombres chinoises. Ils se figèrent à leur vue et restèrent ainsi un long moment, comme transformés en statues, avant de s'enfuir en bondissant avec une grâce légère de danseuse.

Quand ils arrivèrent enfin au col, le brouillard était tellement épais que Mike distinguait à peine la croupe d'Ebony. Alice hésita quelques instants, demanda à sa jument d'effectuer quelques pas à gauche, puis à droite, avant de s'arrêter et de se tourner vers Mike :

– On n'y voit plus rien, je n'arrive pas à retrouver le début du sentier !

– Tu vois qu'on aurait dû prendre une lampe de poche ! J'avais raison ! Tu es toujours sûre de toi, mais là tu n'es pas très fière ! On est complètement perdus, voilà la vérité !

– Arrête, Mike, ce n'est pas le moment de nous disputer. Essaie plutôt de te rappeler où est le sentier !

– Je crois qu'il faut monter un peu plus haut avant de piquer vers la droite, mais je n'en suis pas sûr…

– Attends une seconde, j'ai froid, je vais enfiler mon pull.

Se retournant vers l'arrière de sa selle, Alice défit deux lanières de cuir retenant un gros pull en laine polaire qu'elle enfila en un tour de main. Mike l'imita, puis tous deux reprirent leur route en silence. Soudain le même hurlement étrange retentit, cette fois beaucoup plus proche.

– Alice…

– Quoi ?

– J'ai les chocottes…

– Mais enfin, Mike, ne sois pas ridicule, c'est sûrement un coyote ! Et puis même si c'était un loup, il s'enfuirait à notre approche, tu sais bien que les loups ont peur de l'homme ! Tu es né ici, oui ou non ?

– Oui, bon, d'accord, mais dépêchons-nous quand même de redescendre. Il est où, ce fichu sentier ? Écoute, on n'a qu'à faire demi-tour et revenir par le même chemin.

– Oh non, c'est idiot d'être monté jusque-là pour rebrousser chemin. Si on trouve le Sentier du Hors-la-Loi, ça fait un énorme raccourci. J'ai une idée, je vais laisser Ebony choisir la direction. Elle connaît la montagne par cœur, je suis sûre qu'elle va le trouver.

– Sauf si elle croit que tu veux aller tout en haut du Pic du Sphinx !

– Mais non, les chevaux choisissent toujours le chemin le plus court pour rentrer à l'écurie, c'est bien connu !

Joignant le geste à la parole, Alice posa les rênes sur le pommeau de la selle, mit les mains dans les poches et laissa Ebony libre de ses mouvements. Sans hésiter une seconde, la petite Morgan fit demi-tour, redescendit quelques mètres puis bifurqua à gauche au milieu des buissons de sauge. Quelques mètres plus bas encore, Alice reconnut enfin le tracé du Sentier du Hors-la-Loi.

– Bravo, mon Ebony ! Bravo ! s'exclama Alice en se penchant sur l'encolure de sa jument pour la serrer tendrement. Tu vois, Mike, j'avais raison !

– Eh bien, dépêchons-nous maintenant.

Ils arrivèrent à la porte de l'Arbre Blessé, ainsi nommée parce qu'un fil barbelé avait été tellement serré autour du tronc qu'il avait provoqué une profonde entaille, d'où s'écoulait une sève épaisse et résineuse. Alice ouvrit et referma rapidement la porte derrière Mike, qui n'avait pas l'air d'en mener très large et qui, du coup, se retrouva devant. Ils s'engagèrent alors sur le sentier qui, serpentant entre les arbres et les rochers, devenait de plus en plus escarpé. Le buste penché en arrière pour ne pas gêner et déséquilibrer leur monture, les deux cavaliers s'agrippèrent d'une main au troussequin de leur selle. Dans un virage en tête d'épingle, le sentier devint tellement raide qu'Alice se coucha presque sur la croupe de sa jument. Sans paraître éprouver la moindre difficulté, Timber et Ebony descendaient d'un pied rapide et sûr, choisissant d'instinct à chaque foulée le meilleur endroit où poser leurs sabots.

Arrivés en bas, Alice et Mike laissèrent leurs chevaux se reposer dans une petite clairière et brouter l'herbe grasse. Le brouillard était moins dense à cette altitude, mais de gros nuages s'étaient accumulés dans le ciel noir et la lune était maintenant totalement cachée.

– Haaaaaa ! cria Mike.

– Quoi, quoi ?

– Là, regarde !

Alice n'eut que le temps de voir deux ombres qui se profilaient dans la nuit. Puis un bruit sec de branches qui craquent se fit entendre et deux jeunes wapitis s'enfuirent en sautillant, les frôlant au passage et provoquant un écart de la part des chevaux. À quelques mètres d'eux, un petit rond d'herbe froissée indiquait qu'ils venaient d'être dérangés en plein sommeil…

– Oh, Mike, tu m'as fait une de ces peurs ! dit Alice en riant, à la fois émue et soulagée.

– Bon, désolé. Mais on ne va pas passer la nuit ici, non ? On a perdu du temps, il faut rentrer maintenant.

Sachant que les chevaux voyaient dans le noir, Alice et Mike leur firent confiance pour trotter sur le sentier qui contournait le Pic du Sphinx. Puis ils redescendirent vers la prairie, empruntant encore un autre sentier qui leur permettrait cette fois de rejoindre le ranch par le sud. Soulagés de se retrouver enfin sur un terrain plat et dégagé, ils se dirigèrent vers la porte principale quand Ebony fit un arrêt brusque, soufflant de peur.

– Décidément… ! Qu'est-ce qu'elle a vu encore ? demanda Mike d'un ton plaintif.

– Je ne sais pas, il fait trop noir. Mais il doit y avoir quelque chose juste là, par terre, Ebony ne quitte pas le sol des yeux. Regarde, on distingue une forme vague… Si seulement ces fichus nuages pouvaient s'éloigner !

Ebony continuait de souffler, maintenant imitée par Timber. Comme si elle avait entendu la prière d'Alice, la lune ronde réapparut alors dans toute sa splendeur, enfin dégagée des nuages qui la masquaient depuis plus d'une heure. Alice et Mike poussèrent en même temps un « oh ! » de surprise en découvrant une petite boule de plumes noires et grises, recroquevillée quasiment entre les sabots d'Ebony.

– C'est un hibou petit duc ! s'exclama Mike, qui aimait beaucoup les oiseaux et possédait toute une collection de livres sur l'ornithologie.

– Il doit être blessé, non ?

– Oui, sûrement, je vais le ramener pour le soigner.

Mike descendit de cheval et s'approcha lentement de l'oiseau, qui tenta maladroitement d'échapper à ses petites mains. Il le glissa bien au chaud sous son pull, au niveau de son ventre, et remonta en selle en se tenant d'une seule main au pommeau.

– C'est bon, on peut y aller.

Ils n'étaient plus très loin de la porte principale, qu'ils franchirent au pas car Mike ne voulait plus trotter afin de ne pas secouer l'oiseau blessé. Au moment où Alice descendait de cheval pour ouvrir la porte, deux phares apparurent dans la nuit sur la piste qui menait au ranch.

– Mince, les parents… ! souffla Mike en jetant un regard contrarié à Alice.

– Oui, on va se faire gronder… Je crains qu'ils n'apprécient pas beaucoup notre escapade en douce, répliqua Alice, à nouveau envahie par ce désagréable sentiment de culpabilité qu'elle avait réussi à chasser de son esprit au moment du départ.

Mais ce n'était que Gary qui rentrait à toute

allure dans son pick-up, fenêtres grandes ouvertes et la musique à plein volume.

– Qu'est-ce que vous fichez là à une heure pareille ? leur lança-t-il d'une voix pâteuse en ralentissant à leur niveau.

– Ben, on a juste fait un petit tour, mais on s'est perdus à cause du brouillard, répondit Mike d'une voix mal assurée. Tu ne dis rien à mon père ce soir, hein ?

Sans répondre, Gary appuya sur l'accélérateur et repartit en trombe vers le ranch.

– Il a l'air d'avoir bu un coup de trop, il était sûrement chez Cassie's ! dit Alice en s'efforçant de rire pour rassurer Mike.

Cassie's était le plus vieux saloon de la ville, le rendez-vous hebdomadaire des cow-boys de tous les ranches des environs. Lorsqu'il venait passer quelques jours au Ranch de la Vallée Cachée, le père d'Alice y invitait toujours Ann et Justin pour boire une bière et danser au son d'un orchestre de musique country. Alice avait beaucoup entendu parler de ce lieu pittoresque, mais elle savait qu'elle n'était pas près de pouvoir s'y rendre : l'entrée était interdite aux mineurs, même pour déguster un simple jus d'orange.

Dix minutes plus tard, Alice et Mike arrivaient enfin à bon port. Un rapide coup d'œil vers la maison leur apprit qu'Ann et Justin n'étaient pas encore rentrés. Ils dessellèrent rapidement leurs chevaux et les enfermèrent dans le grand corral.

– Je vais vite soigner le petit duc à la maison, dit

Mike. Bonne nuit, Alice !

– Bonne nuit, Mike, à demain. Et cette fois, c'est moi qui te demande de ne pas me réveiller pour le *wrangling*, n'oublie pas que c'est dimanche !

Une fois par semaine, Justin avait instauré un jour de congé pour les chevaux qui restaient tous en pâture et n'étaient donc pas ramenés au ranch avant le lendemain. Le dimanche était donc le seul jour de la semaine où l'on ne se levait pas à cinq heures du matin pour être en selle avant l'aurore. Ce qui, pour une fois, arrangeait bien Alice : à peine eut-elle posé la tête sur l'oreiller qu'elle sombra dans un sommeil sans rêves, épuisée par cette longue journée.

Le lendemain matin, ce fut un rayon de soleil qui, pénétrant à travers la lucarne de sa chambre et chatouillant son visage, réveilla Alice vers huit heures. « Oh, là, là ! j'ai fait la grasse matinée aujourd'hui ! », dit-elle en s'étirant. Tout à coup, elle se souvint que le vieil Indien et son étalon sauvage devaient arriver, et son cœur frémit d'exaltation. Elle se leva et s'habilla rapidement, descendit l'escalier de bois et se dirigea vers la maison.

Justin et Mike étaient assis l'un à côté de l'autre, sur le banc du porche en bois qui donnait sur la pelouse. Mike gardait les yeux baissés, et se triturait les mains avec nervosité. Au regard consterné qu'il lui lança à son arrivée, Alice comprit que Gary les avait trahis.

– Alice, j'ai à te parler, prononça Justin d'un ton

sec et froid qui lui était tout à fait inhabituel.

– Oui… ?

– J'ai appris que toi et Mike êtes sortis à cheval hier soir, et que vous vous êtes perdus dans le brouillard. Qu'est-ce qui vous a donc pris de…

– C'est Gary qui est venu cafarder, je parie ! s'énerva Alice.

– Ne m'interromps pas, Alice, s'il te plaît ! La façon dont je l'ai appris n'a aucune importance. La seule chose qui m'intéresse, ce sont les faits. Or vous avez eu beaucoup de chance tous les deux, les choses auraient pu mal tourner.

– Mais, Justin, il faisait si beau quand nous sommes partis. Le ciel était totalement dégagé, et puis…

– Depuis quatre ans que tu viens ici, tu sais pourtant à quel point le temps change vite en haute montagne ! C'est indigne de toi d'avoir agi de façon aussi inconsciente, surtout avec Mike qui est encore plus jeune. Te rends-tu compte qu'Ann et moi sommes responsables de toi ? Vis-à-vis de ton père et de ta mère, c'est une lourde responsabilité ! Nous ne l'avons acceptée que parce que nous avions confiance en toi. Tu as trahi cette confiance, Alice ! Tu m'as déçu.

Les derniers mots de Justin cinglèrent Alice comme un coup de fouet en plein visage. S'entendre dire par Justin qu'elle l'avait déçu était le pire reproche qu'il pouvait lui faire. Cela constituait déjà une punition en soi. En voyant ses lèvres trembler et les larmes monter dans ses yeux clairs, Justin le comprit. L'expression de son visage se radoucit.

– Pardon…, balbutia Alice à travers ses larmes, qu'elle n'essayait plus de contenir car elle savait à quel point Justin avait raison.

Mike réapparut à ce moment-là et Justin ouvrit à nouveau la bouche pour parler, lorsqu'un bruit de moteur leur parvint. Tous trois tournèrent la tête vers la route et distinguèrent un vieux pick-up brinquebalant qui roulait très lentement dans leur direction, tractant un van.

– C'est Nobie ! C'est Nobie et le « cheval fou » ! s'écria Mike, ravi de cette diversion qui tombait à pic.

Justin, Mike et Alice se dirigèrent alors vers l'entrée du ranch pour accueillir l'Indien. Le pick-up rouillé franchit à grand bruit le passage canadien, sorte de fosse profonde garnie au ras du sol de longs tubes en métal qui permettaient astucieusement le passage d'un véhicule, mais pas d'un cheval ou d'une vache. Il s'arrêta devant la maison. La croupe noire et blanche du mustang apparut à l'arrière du van. Nobie salua tout le monde d'un signe de la main, sans éteindre le moteur, attendant des instructions. Justin lui indiqua d'aller se garer devant l'écurie.

Ebony et Timber galopaient déjà le long des palissades, saluant l'arrivée de ce congénère inconnu en hennissant à qui mieux mieux. L'étalon leur répondit d'un hennissement sauvage et puissant qui résonna dans toute la vallée. Puis Nobie descendit de son siège et Justin le présenta chaleureusement à Ann, Jim et Gary.

– Alors, comment ça s'est passé ? demanda Justin. Pour le monter dans le van, pour les vaccins, et tout le reste ?

– Oh, ça n'a pas été facile. Mais avec de la patience, tout se fait.

Visiblement, Nobie n'avait pas envie de s'étendre sur le sujet.

– Tu peux le sortir et le mettre dans cette pâture, là-bas, proposa Justin sans insister.

– Non, je préfère le laisser dans le van encore une quinzaine de minutes, le temps qu'il s'acclimate aux odeurs et aux bruits nouv....

À ce moment, un crissement métallique strident retentit à l'arrière du van et l'on entendit la voix de Gary :

– Allez, descends tout doux, tout doux, descends !

Nobie se précipita à l'arrière du van en criant :

– Non, non, surtout pas !

Mais c'était trop tard : Gary avait déjà ouvert la porte métallique. Il s'apprêtait à décrocher la barre de protection lorsque l'étalon recula comme un forcené, faisant voler la barre en éclats et bousculant Gary qu'il piétina au passage. Furieux, Gary se releva aussitôt. Il attrapa au vol la longe du licol qui traînait par terre. Mais le mustang fut plus rapide que lui : il fit volte-face et attaqua littéralement le cow-boy, à la manière brutale d'un taureau qui charge, toutes dents dehors. Gary poussa un cri de douleur et lâcha la longe pour plaquer sa main gauche sur son bras droit. Le mustang s'enfuit alors vers la porte d'entrée. Il pila devant le passage canadien et revint vers eux au triple galop. Il évita le petit groupe de justesse puis galopa dans tous les sens en hennissant, la queue en panache et la longe flottant au vent. Enfin, il s'élança vers le Sentier de la Rivière d'Argent, s'enivrant de sa liberté retrouvée, et disparut.

Toute la scène s'était déroulée en quelques secondes, et personne n'avait eu le temps de réagir. Nobie ne dit rien, mais son visage parcheminé, strié de sillons profonds et buriné par le soleil, exprimait une colère contenue. Il ignora Gary, qui retira un instant de son bras sa main pleine de sang et marmonna avec mépris, en crachant par terre un long jet brun de chique :

– Le cheval fou... Ce bâtard mérite bien le surnom qu'on lui a donné !

Comme s'il n'avait rien entendu, Nobie s'adressa à Justin :

– Jusqu'où peut-il s'enfuir ?

– Pas très loin, ne t'inquiète pas, répondit Alice à la place de Justin, très contrarié par l'incident. Juste après la rivière, le sentier continue vers la montagne, mais à mi-chemin il y a une porte fermée. Et s'il passe par le bas, il se retrouvera derrière la maison et sera à nouveau bloqué par le passage canadien.

Les paroles d'Alice parurent soulager le vieil Indien, qui la remercia d'un sourire.

– Mais enfin, Gary, personne ne t'a demandé d'ouvrir la porte du van. Qu'est-ce qui t'a pris ? lança

Justin au cow-boy qui se tenait toujours le bras en grimaçant de douleur, le sang coulant maintenant à travers le tissu déchiré de sa chemise.

En guise de défense, Gary choisit l'attaque :

– Pourquoi ce cheval fou n'était-il pas attaché dans le van ? rétorqua-t-il en interrogeant l'Indien avec reproche.

– Hier encore, ce mustang galopait librement dans les montagnes depuis sa naissance, il n'avait jamais vu un licol de sa vie, répondit calmement Nobie. L'attacher dans le van aurait été une grave erreur, qui aurait pu provoquer sa panique et même un accident sur la route. Je comptais le descendre moi-même du van, en prenant le temps de bien faire les choses. Personne n'aurait été blessé.

– Je suis désolé, Gary, mais Nobie a raison, déclara Justin d'un ton ferme n'admettant pas de réplique. Ne t'en prends à personne, ni au cheval, ni à son propriétaire, pour ce qui vient de se passer. C'est à toi seul d'en assumer la responsabilité.

– Laisse donc, Justin, dit Ann avec douceur, comme pour apaiser les tensions.

La jeune femme n'avait rien dit jusque-là. Elle s'était contentée d'observer la scène. Prenant alors le cow-boy par son bras valide, elle lui dit gentiment :

– Viens à la maison, Gary, je vais désinfecter ta blessure et t'emmener à l'hôpital.

Tous deux s'éloignèrent vers le ranch, Ann soutenant Gary qui boitillait, ses vêtements pleins de poussière. Justin proposa alors à Nobie de l'aider à récupérer le mustang.

– L'idéal serait d'y aller à cheval, réfléchit Nobie en jetant un regard pensif vers l'endroit où avait disparu l'étalon.

– Mais je croyais que tu disais hier qu'il ne fallait pas essayer de l'approcher en étant soi-même à cheval ? demanda Alice, qui n'avait rien manqué la veille des conversations à propos du mustang.

– Hier c'était très différent, précisément parce qu'il était prisonnier, enfermé dans un corral de métal pour la première fois de sa vie. Enfin, pour la deuxième fois... bien que la première n'ait pas duré longtemps !

Alice perçut une note de fierté dans les dernières paroles de l'Indien. Tout comme elle, Nobie avait donc été touché en plein cœur par la fureur de vivre et l'audace de l'étalon sauvage, si violentes soient-elles... À son tour, elle sourit à l'Indien, émue de cette connivence.

– Tu sais quoi, Alice ? suggéra Justin, soucieux d'arranger les choses le plus vite possible. Tu vas y aller avec Ebony et tu montreras le chemin à Nobie. Jim n'a qu'à lui prêter sa jument.

Alice acquiesça aussitôt, ravie de cette occasion de se rattraper. C'était le moment ou jamais de prouver à Justin qu'il pouvait toujours lui faire confiance !

– Au fait, Nobie, as-tu déjà trouvé un nom pour ce mustang ? interrogea Justin. Je suppose que tu ne souhaites pas lui garder le nom de « cheval fou » !

– Oui, je l'ai appelé Saguaro.

– Saguaro… C'est un beau nom pour un cheval sauvage du désert. Alice, sais-tu ce qu'est un saguaro ?

– Non, je ne sais pas.

– C'est un cactus géant du désert de Sonora, en Arizona, qui survit dans des conditions inouïes de chaleur et de sécheresse, expliqua Justin.

– Certaines années, au printemps, il se produit une sorte de miracle avec le saguaro, ajouta Nobie, le regard lointain. À l'aube, après la pluie, il offre pour quelques heures seulement le spectacle d'une floraison extraordinaire. Mais cette fleur du désert ne s'offre qu'aux hommes qui savent l'attendre et la mériter.

Saisie d'une inexplicable émotion, Alice répéta alors plusieurs fois à mi-voix :

– Saguaro… Saguaro…

6

Le reste du troupeau étant toujours dans la montagne, il n'y avait que trois chevaux au ranch ce matin-là : Ebony, Timber et Pahaska, la jument Appaloosa de Jim. Même s'il n'y avait pas de *wrangling* le dimanche matin, Justin tenait à ce que l'on aille, au cours de la journée, rendre une petite visite aux chevaux en pâture pour vérifier si tout allait bien. En général, Alice et Mike s'acquittaient avec joie de cette tâche dominicale. Mais pour l'heure, l'urgence était de rattraper Saguaro. Aussi Alice sella-t-elle sa jument à la hâte, délaissant pour une fois son attirail de pansage. Elle avait l'estomac dans les talons, n'ayant pas pris de petit déjeuner, mais toutes ses pensées étaient tournées vers le mustang. Nobie, qui avait extrait de son pick-up une vieille selle western patinée par le temps, se hâtait lui aussi de préparer Pahaska avec l'aide de Jim.

– Tu verras, Nobie, c'est une excellente jument, dit le cow-boy en flattant affectueusement la croupe tachetée de sa monture.

– J'en prendrai soin, mon garçon. Tu sais que les Indiens aiment les chevaux Appaloosa. Dans cette région surtout, notre peuple leur doit beaucoup.

Alice comprit l'allusion de Nobie : en compagnie

de Justin et de son père, pour se rendre au parc national de Yellowstone, elle avait emprunté la fameuse route dite de « Chef Joseph », en hommage au grand chef indien de la tribu des Nez-Percés. Avec tout l'enthousiasme et la passion qu'il avait pour l'histoire de son pays, Justin leur avait raconté comment les Nez-Percés avaient fui la cavalerie américaine sur plus de deux mille kilomètres, pendant plusieurs mois, grâce à l'exceptionnelle endurance de leurs montures. La tribu avait fini par capituler dans le Montana en 1877, mais la race Appaloosa était devenue le symbole de la résistance indienne.

Ayant enfourché Ebony, Alice attendit que Nobie la rejoigne. De sa démarche disgracieuse, le vieil Indien fit effectuer en main quelques pas à la jument avant de la sangler une dernière fois. Alice remarqua qu'il laissait la sangle presque lâche, au point que la selle tourna légèrement quand il eut mis son pied dans l'étrier et porté tout son poids dessus. Comme Jim lui proposait de resserrer la sangle de quelques trous, l'Indien sourit et répondit :

– Merci, Jim, mais j'ai l'habitude de monter ainsi, en sanglant le moins possible. Je n'aime pas la façon qu'ont la plupart des cavaliers de s'arc-bouter de toutes leurs forces sur leur monture pour la sangler en lui comprimant le ventre. Je trouve que c'est indigne d'un homme de cheval. Et c'est inutile aussi, à partir du moment où on a une bonne assiette. C'est le poids du corps qui fait tenir la selle bien en place, plus que la sangle !

Tout en parlant, Nobie passait sa jambe par-dessus la croupe de Pahaska, suffisamment haut pour ne pas la heurter. Alice eut l'impression que cet effort de gymnastique lui coûtait. Elle se demanda à nouveau quel âge il pouvait avoir. Mais à peine la jument eut-elle effectué quelques foulées que le corps du vieil Indien sembla se métamorphoser. Ses jambes courtes, noueuses comme un cep de vigne, enveloppèrent les flancs de Pahaska avec une grâce presque voluptueuse. Ses bras raides s'arrondirent comme ceux d'une mère entourant un nourrisson. De tout son corps sec et trapu sembla jaillir une vie nouvelle, comme portée par une jeunesse retrouvée. En l'espace de quelques secondes, son allure gauche et maladroite disparut, faisant place à une prestance naturelle, une élégance nimbée de fierté. C'était comme s'il était né pour monter à cheval. Émue, Alice remarqua que Justin, Jim et Mike regardaient intensément l'Indien. Elle comprit qu'ils étaient en train de se faire la même réflexion. Puis elle mit sa jument au petit trot et, accompagnée de Nobie, suivit les traces de sabots du mustang qui s'étaient imprimées dans le sol et menaient vers la montagne.

Il ne leur fallut pas longtemps pour retrouver Saguaro : comme l'avait supposé Alice, l'étalon avait franchi la Rivière d'Argent et s'était retrouvé bloqué un peu plus loin, devant la première porte. Quand il les vit arriver, il se figea en pointant les oreilles vers eux. Une fois de plus, la jeune fille sentit son cœur battre plus vite en le contemplant. Dans ce décor naturel de montagnes, l'étalon sauvage était plus magnifique encore que la veille dans le corral. Il se détachait sur les rochers aigus et déchirés, la tête très droite, un bout de longe cassée flottant au vent sous son licol. Sa robe écumait d'une mousse laiteuse tant il avait galopé, au point qu'on ne pouvait plus différencier les contours noirs et blancs de ses taches.

Nobie fit signe à Alice de s'arrêter et lui donna ses instructions :

– Je ne pense pas qu'on aura du mal à le faire revenir vers le ranch. Tous les chevaux ont la hantise d'être seuls, et plus encore les chevaux sauvages, dont la survie dépend du groupe. Son instinct grégaire va sans doute le pousser à revenir vers nous. Voilà ce que je te propose : au lieu de le poursuivre au galop et de l'épuiser inutilement, approchons-le en douceur, et faisons demi-tour avant de provoquer sa fuite. Puis nous repartirons au galop vers la rivière. À mon avis, c'est lui qui va nous suivre et se diriger de lui-même sur le sentier du retour.

Les choses se passèrent comme l'avait prévu Nobie : Saguaro fixa Ebony et Pahaska qui montaient vers lui, et parut surpris de les voir décrire une volte pour repartir aussitôt dans l'autre sens. Il resta quelques secondes indécis, puis il poussa à nouveau son hennissement sauvage et s'élança au galop derrière les deux juments qui, se sentant suivies, accélérèrent l'allure. Alice eut à peine le temps de se retourner qu'elle vit le mustang les rattraper et les doubler comme une flèche par la droite. Croyant à un jeu, Ebony accéléra encore. Les trois chevaux franchirent d'un bond la Rivière d'Argent et rentrèrent au ranch ventre à terre.

Arrivé devant l'écurie, Saguaro s'arrêta net. L'espace d'un instant, Alice crut qu'il allait repartir à nouveau dans l'autre sens. Mais Nobie, sans ralentir, lui fit signe de le suivre dans le pré que Justin avait attribué à Saguaro et dont la porte était grande ouverte. La ruse fonctionna à merveille : le mustang repartit en trombe derrière Pahaska et Ebony, et c'est Mike qui referma la porte derrière eux, lançant son chapeau en l'air en signe de victoire.

Nobie leva son pouce vers le haut à l'intention du garçon et mit pied à terre, imité par Alice aux joues rosies par le vent et l'excitation. Pendant que Saguaro continuait de galoper tout autour des clôtures, comme pour mesurer les limites de son nouvel espace, Mike entrouvrit la porte le temps de laisser passer les deux juments.

– Oh, là, là ! Justin… Je n'ai jamais fait aussi vite de la Rivière d'Argent au ranch, s'exclama Alice tout essoufflée. Toi qui m'as toujours appris à ne pas rentrer au galop à l'écurie !

– Oui, mais aujourd'hui, c'était pour la bonne cause ! répondit Justin en souriant, soulagé que le mustang ait pu être récupéré sans encombre. Apparemment il va bien, n'est-ce pas, Nobie ?

– Oui, on a eu de la chance, parce qu'il aurait pu chercher à franchir la clôture barbelée et se blesser. C'est sans doute ce qui se serait passé si le troupeau avait été juste de l'autre côté, mais là, a priori, il a préféré rester de notre côté à nous. C'est bon signe pour la suite.

– En tout cas, il est sacrément rapide, ajouta Alice. Ebony a dû être stupéfaite de se faire doubler comme ça ; elle n'est pas habituée !

Jusqu'à présent, Alice avait toujours gagné les courses qu'elle s'amusait à faire dans la grande prairie, avec Mike ou Jim. En dépit de sa petite taille, Ebony était rapide comme l'éclair, mais aujourd'hui elle avait trouvé un sérieux rival !

– C'est vrai, Alice, mais n'oublie pas qu'un cheval libre va plus vite qu'un cheval monté, dit Nobie. Il faudra qu'on fasse une course quand Saguaro sera dressé !

Tout en devisant, l'Indien ne quittait pas le mustang des yeux. Saguaro avait fini par s'arrêter et se tenait maintenant immobile près de la barrière. On voyait ses flancs, luisants de transpiration, se soulever tandis qu'il reprenait son souffle.

– Bon, Alice et Jim, soyez gentils de rentrer les juments, déclara Justin. Il est temps d'installer Nobie dans sa nouvelle demeure.

– Tu en as de la chance, Nobie ! dit Mike à l'Indien. Maman t'a préparé la petite cabane en rondins à l'entrée du ranch, au bord de la rivière. Il y a une chambre, une salle d'eau et même un petit salon. Quand je serai grand, ça sera mon appartement privé !

– Au fait, Mike, où en es-tu avec le petit duc ? lui demanda Alice.

Les événements de la veille au soir lui étaient soudain revenus à l'esprit. Mais depuis, il s'était passé tellement de choses excitantes qu'elle avait du mal à croire que douze heures à peine s'étaient écoulées !

– Il va bien, je l'ai mis dans une boîte à chaussures garnie de paille, dans ma chambre. Je lui ai aussi donné à boire et à manger. Apparemment il est tout jeune, mais je crois qu'il a une aile cassée, je ne sais pas s'il pourra un jour voler à nouveau. Nobie, tu voudrais bien m'aider à le soigner ?

– Bien sûr, petit. J'adore les oiseaux, moi aussi. Je viendrai le voir dès que j'aurai défait mon sac. Comme je n'ai pas grand-chose, ça ne sera pas long.

Mike lui adressa un sourire jusqu'aux oreilles. Justin éclata d'un rire joyeux tout en enlaçant son fils et Alice :

– Je crois que ces jeunes gens t'ont adopté, Nobie ! Allez, amène donc ton pick-up devant la cabane, je vais t'aider à décharger.

À midi, Ann et Gary n'étaient toujours pas rentrés de l'hôpital. En bon rancher conservateur de l'Ouest, Justin n'imagina pas un seul instant faire la cuisine à la place de sa femme. Il décréta donc qu'on se contenterait aujourd'hui de sandwiches pris sur le pouce.

– Ensuite, il faudra aller déplacer les vaches qui sont sur la Montagne des Wapitis, ajouta-t-il. Je voudrais les ramener sous les Rochers Enlacés, l'herbe y est plus riche. Alice et Mike, vous pourriez y aller avec Nobie. Vous en profiterez pour lui montrer les sentiers. Au retour, vous pourrez vérifier les chevaux qui sont en pâture. Jim restera avec moi pour m'aider à réparer la clôture sur laquelle un arbre est tombé l'autre jour.

– Et Saguaro, quand est-ce que tu le montes, Nobie ? demanda Mike, impatient de voir le mustang débourré.

– Doucement, petit ! Laissons-lui un peu le temps de s'acclimater à son nouvel endroit. N'oublie pas que c'est un cheval sauvage, il faut d'abord l'apprivoiser. Les premiers jours, je compte surtout le mettre en confiance en faisant du travail au sol. On n'en fait jamais assez, et pourtant, c'est là que tout se joue : le respect mutuel, la confiance... Vois-tu, Mike, je veux comprendre la personnalité et les émotions de ce cheval avant de lui monter dessus. Être *avec* lui, avant d'être *sur* lui...

En entendant Nobie s'exprimer ainsi, Alice mesura l'immense fossé qu'il y avait entre cette approche du dressage et celle qu'elle avait toujours connue en France. Au club hippique de la Coulée Verte, comme dans la plupart des centres équestres, la leçon d'équitation commençait dans le manège, une fois que le cavalier était sur le dos du cheval ! Peu de moniteurs, y compris Stéphanie, accordaient l'importance et le temps nécessaires à la psychologie du cheval et au travail à pied. Instinctivement, Alice avait toujours déploré que les chevaux soient considérés comme des mécaniques à performances, plus ou moins bien huilées, plutôt que des êtres vivants dotés d'émotions. Et Nobie Wakantahoe venait enfin de mettre des mots sur sa pensée confuse.

Ravie de la mission que leur avait confiée Justin, Alice fut la première en selle. Elle adorait déplacer les vaches, même si on galopait beaucoup moins que lors du *wrangling*. C'était surtout Gary – elle devait au moins lui reconnaître cette qualité – qui, en cow-boy expérimenté, lui avait appris à pousser les vaches tranquillement, au pas, sans les stresser. L'objectif était toujours de ne pas provoquer de panique, car un troupeau de vaches affolées était bien plus difficile à contrôler et à rassembler qu'un troupeau de chevaux !

Mike et Nobie, montés sur Timber et Pahaska, rejoignirent la jeune fille. Tous trois se dirigèrent cette fois à l'opposé de la Rivière d'Argent, vers le sentier très escarpé qui menait à la Montagne des Wapitis. Cette immense falaise surplombée de rochers de granit blanc tirait son nom de la tragédie qui s'y était déroulée quarante ans plus tôt, lorsqu'une harde entière de grands cerfs wapitis, cinglés par un orage de grêle d'une violence inouïe, était tombée du haut de la paroi abrupte pour s'écraser deux cents mètres plus bas. Justin, qui avait une dizaine d'années à l'époque, se souvenait encore parfaitement d'avoir vu les cadavres des cerfs éclatés sur les rochers au pied de la falaise. Plusieurs jours durant, une nuée de vautours avait obscurci le ciel, tournoyant au-dessus des corps déchiquetés et se repaissant avec bonheur de ce carnage inespéré.

Sur son versant sud, la Montagne des Wapitis était constituée de vastes plateaux d'herbe haute, ponctués de vallons secrets et odorants. De-ci de-là, des bosquets de pins inextricables fournissaient un peu d'ombre au bétail qui y pâturait. Trois lacs minuscules, où venaient s'abreuver les vaches, faisaient des taches irisées qui étincelaient sous le soleil. En atteignant le sommet, on découvrait trois cent soixante degrés de beauté sauvage et grandiose, à perte de vue. Ces immenses espaces balayés par le vent étaient l'un des endroits préférés d'Alice, mais aussi d'Ebony qui, autant que sa cavalière, aimait s'y étourdir de longs galops.

« Non, non, non, ma belle, aujourd'hui on a un vrai travail à faire ! » expliqua Alice à Ebony qui essayait déjà d'accélérer l'allure.

Contrariée, la jument secoua sa tête noire, faisant voler sa crinière en tous sens, et tapa du pied. Riant de son petit caractère bien trempé, Alice la força à rester au pas et suivit Mike qui descendait déjà vers un vallon où il avait repéré les vaches.

Elles étaient une centaine, aussi noires qu'Ebony, amassées autour d'une citerne remplie d'eau de pluie, paressant au soleil. Issu d'une longue génération de ranchers du Wyoming, Justin avait toujours affiché une préférence marquée pour la race Black Angus. Et le père d'Alice, lorsqu'il avait acheté le Ranch de la Vallée Cachée, n'avait rien changé à cette tradition.

Après s'être rapidement consultés sur la stratégie

à adopter, les trois cavaliers contournèrent les vaches pour se positionner derrière – Mike au milieu, Alice à droite et Nobie à gauche – et commencèrent à les stimuler de la voix. Il s'agissait de faire remonter tout le troupeau vers le sommet, en l'empêchant à tout prix de redescendre de l'autre côté, puis de le pousser sur le sentier de crête jusqu'au col des Rochers Enlacés. Une à une, les vaches se levèrent et commencèrent à remonter la pente, meuglant leur mécontentement de se voir ainsi dérangées. D'adorables petits veaux, surpris en pleine tétée et le museau tout brillant de lait, se cachaient sous les flancs de leur mère. De temps à autre, une vache faisait mine de s'écarter. Le cavalier qui se trouvait le plus près d'elle lui coupait la route en quelques foulées de galop, avant de la remettre dans le droit chemin en faisant tournoyer sa longe à la manière d'un lasso. Bien qu'elle n'ait pas de sang Quarter, Ebony – que Justin avait achetée à six mois lors d'une vente aux enchères – avait, autant que Timber, ce fameux « sens du bétail » indispensable au travail de ranch. Elle excellait dans les démarrages fulgurants comme dans les prompts demi-tours et, comme un chien de berger, accomplissait sa mission avec un plaisir jubilatoire.

Toutes les vaches avaient fini par atteindre le sommet et s'engageaient en file indienne sur le sentier de crête. Elles meuglaient maintenant toutes en même temps, sous l'effet de l'émulation collective, dans un bruit de tonnerre assourdissant.

– Oh, là, là ! je crois qu'on va se prendre une belle

averse, dit Mike.

Du doigt, il montrait les nuages noirs qui s'amoncelaient dans le ciel tourmenté.

Sans descendre de cheval, les trois cavaliers enfilèrent le grand imperméable en plastique jaune qu'ils avaient fixé sur le troussequin de leur selle, et qui claqua bruyamment au vent lorsqu'il fut libéré des lanières de cuir. Pourtant aucune des trois montures ne broncha. Une fois de plus, Alice admira le calme et l'incroyable coopération que les chevaux de race western offraient en toutes circonstances à leur cavalier.

Il était temps : déjà de grosses gouttes tombaient, accompagnées de rafales de vent. Toutes semblaient se concentrer sur la crête. Le tonnerre grondait au loin, et un premier éclair zébra le ciel. Énervées, les vaches se mirent à trottiner en direction des Rochers Enlacés.

C'était une étroite et haute paroi de rochers rouges. De profil, elle évoquait à la perfection deux visages penchés l'un sur l'autre dans un baiser. Alice et Mike venaient souvent y pique-niquer, à l'ombre de la paroi. C'était de là qu'on jouissait de la plus belle vue sur l'Indien Endormi, une chaîne de montagnes ainsi nommée parce que le vent des Rocheuses semblait y avoir sculpté un visage d'Indien au nez busqué, couché sur le dos. Espiègle, Mike ne manqua pas de le faire remarquer à Nobie. Ce dernier lui répondit en riant : « Je connais le nom de cette montagne. Mais moi je n'y vois pas d'Indien au nez busqué : j'y vois surtout les mythes et les clichés que les Blancs véhiculent à propos des Indiens ! »

Soulagée d'avoir mené le troupeau à destination avant l'orage, Alice le doubla au petit trot puis galopa vers la porte située au pied des Rochers Enlacés afin de l'ouvrir avant l'arrivée des vaches. Trois perdrix au plumage argenté, blotties dans un buisson de sauge, s'envolèrent quasiment sous les sabots d'Ebony au moment où elle prit le galop. Mike et Nobie restèrent en arrière pour vérifier qu'aucune bête n'était oubliée de l'autre côté. Tous trois regardèrent le bétail s'égayer dans sa nouvelle pâture. L'herbe y était bien plus haute et plus verte que sur la Montagne des Wapitis.

– Ouf, c'était moins une ! soupira Alice. Descendons vite maintenant, sinon on va se faire prendre par l'orage. Tu vois, Nobie, ce sentier permet de rentrer directement au ranch par le Pic du Sphinx et la Rivière d'Argent. On arrivera donc par l'autre côté de la porte où était bloqué Saguaro ce matin. Au passage, nous te présenterons tous les chevaux du ranch !

Une heure plus tard, Alice, Mike et Nobie arrivaient au ranch. L'averse n'avait pas duré longtemps, le soleil brillait à nouveau dans un ciel lavé, d'un bleu limpide. C'était souvent le cas en été : il faisait beau le matin, puis le temps se gâtait en fin d'après-midi par un petit orage de chaleur avant de s'éclaircir à nouveau et d'offrir un somptueux coucher de soleil. En arrivant, les cavaliers aperçurent Gary. Il pénétrait dans sa chambre située près du hangar à foin, le bras en écharpe et le regard mauvais.

– Je crois que tu ne t'es pas fait un ami, Nobie, grimaça Mike.

– Ce n'est pas grave, répondit l'Indien. Gary est sûrement conscient qu'il a fait une faute, même s'il ne veut pas le reconnaître devant tout le monde. Je ne lui en veux pas, puisque tout s'est bien terminé. Simplement je pense que Saguaro a le droit d'être traité avec respect.

Comme s'il avait entendu ses paroles, l'étalon galopa dans leur direction en hennissant.

– Tu entends, Nobie, ce n'est pas un hennissement affolé comme ce matin, on dirait plus de la joie, non ? s'exclama Alice.

– Absolument. Il doit être content de voir rentrer les chevaux, cela fait bien quatre heures qu'il est tout seul, le pauvre !

Le pré que Justin avait attribué à Saguaro était séparé du paddock des chevaux par un autre pré, plus petit, d'une vingtaine de mètres de large. Ainsi le mustang pourrait voir ses nouveaux compagnons et se sentir entouré, mais en toute sécurité.

Les cavaliers venaient de desseller leurs chevaux et de les rentrer au paddock lorsque Justin les rejoignit. Alice vit tout de suite à l'expression de son visage qu'il était profondément contrarié. La nouvelle tomba comme un couperet :

– Nobie, je suis désolé. J'ai reçu un coup de fil de Joe Cranfield ; il y a eu plusieurs plaintes déposées contre Saguaro. Le mustang est officiellement déclaré dangereux. Le Bureau te donne un mois pour le présenter à nouveau à l'inspection, parfaitement calme et dressé. Si, au terme de ce délai, son comportement est toujours jugé difficile ou violent, il sera immédiatement abattu.

7

– Abattu ? répéta Mike, sidéré.

Alice ne disait rien, incapable de prononcer un mot. Elle ne pouvait croire à une telle cruauté : un cheval aussi magnifique, brutalement arraché à sa vie libre et sauvage, et ensuite abattu pour sa viande ! C'est à peine si elle osait regarder Nobie mais, à sa grande surprise, l'Indien ne paraissait pas du tout consterné.

– C'est un odieux chantage, bien sûr, mais entre nous je ne me fais aucun souci, dit-il en plissant les yeux pour mieux distinguer Saguaro.

– Nobie, je sais que tu as débourré et dressé des dizaines de mustangs, Joe me l'a confirmé, intervint Justin d'un ton embarrassé. Mais cet étalon-là est particulièrement rebelle. Le fait qu'il ait été attrapé une première fois en vain ne joue pas en sa faveur.

– Je parie que c'est Gary qui a porté plainte ! articula enfin Alice, la voix étranglée de fureur.

– Je ne dis pas ça pour le défendre, mais Gary a deux côtes cassées et une vilaine plaie au bras, répliqua Justin. Je lui ai d'ailleurs donné plusieurs jours de congé. Bien sûr qu'il a porté plainte, mais il n'est pas le seul. Saguaro a flanqué la trouille à plus d'un cow-boy lors des deux rassemblements, les autorités fédérales ne veulent pas d'ennuis.

– Mais puisque Joe Cranfield est un ami à toi, tu ne lui as pas demandé d'étouffer l'affaire ? insista Mike.

– Les ordres sont venus de plus haut. Et puis sachez que Joe a déjà fait beaucoup pour Saguaro : c'est lui qui a obtenu ce sursis d'un mois, sur la réputation de Nobie et aussi sur la confiance qu'il a en moi. Sans lui, le mustang serait probablement déjà en route pour l'abattoir...

– Merci infiniment, Justin, déclara Nobie de sa voix douce et grave.

Tandis que Justin et Mike regagnaient la maison principale, Alice suivit Nobie qui, accoudé à la palissade, considérait pensivement l'étalon. Se glissant entre les rondins de bois, l'Indien entra dans le pré. Il se dirigea lentement vers le mustang qui se mit à reculer sans le quitter des yeux. Nobie s'arrêta à quelques mètres de lui seulement, fit signe à Alice de le rejoindre et murmura :

– Que vois-tu dans les yeux de ce cheval, Alice ? Moi, contrairement à Gary ou à d'autres, je ne vois ni la folie, ni la méchanceté, ni le vice. La seule chose que je vois, c'est la peur. Il faudra du temps pour éteindre à jamais le feu de la peur dans le cœur de ce cheval. Mais j'y arriverai. Si tu veux m'aider, toi et moi, Alice, on y arrivera. Tu veux bien ?

Le ventre noué, la jeune fille ne répondit rien mais sourit à l'Indien en hochant la tête. Elle venait de prendre conscience que la vie de Saguaro était désormais entre leurs mains.

Dès le lendemain matin, quand Alice et Mike se dirigèrent vers l'écurie après le *wrangling* et le petit déjeuner, Nobie se trouvait déjà dans le pré de Saguaro. Il n'avait aucun licol avec lui et se tenait assis sur une souche de bois, observant simplement l'étalon qui avait délaissé sa ration de foin matinale pour scruter le troupeau de chevaux enfin revenu de la montagne. Le long de l'allée, Alice et Mike s'écartèrent un instant pour laisser passer Gary au volant de son pick-up. Le cow-boy se rendait dans sa famille en Oklahoma. Il leur lança au passage un ironique « À bientôt » auquel ni l'un ni l'autre ne daigna répondre. D'un ton grinçant, il ajouta :

– Vous allez en apprendre des choses, maintenant ! Regardez notre super dresseur, il est déjà au boulot : il regarde l'herbe pousser sous les sabots de son cheval !

Puis il fit ronfler son moteur et s'éloigna sur les chapeaux de roues.

– Ouf, nous voilà enfin débarrassés de lui ! soupira Alice.

– Tu l'as dit ! approuva Mike. Profitons-en bien, notre répit sera de courte durée.

Tous deux rejoignirent Nobie à l'intérieur du pré et s'accroupirent près de lui.

– Gary se moque de toi, il dit que tu regardes l'herbe pousser sous les sabots de Saguaro, le taquina Mike.

– Eh bien, il a de l'humour, au moins ! répondit Nobie en riant. Et il n'a pas tout à fait tort ! Les premiers jours, je vais surtout étudier le comportement de Saguaro, sa façon de m'accueillir quand je rentre dans le pré, apprendre à le connaître... Pour moi, un cheval sauvage, c'est comme un enfant : il a tout à apprendre. N'en déplaise à Gary, on ne doit surtout pas aller trop vite et brûler les étapes, sinon on va le dégoûter et le braquer à tout jamais.

– Si Gary avait pour mission de dompter cet étalon, je sais ce qu'il ferait, dit Mike. Dès la première heure il l'attraperait au lasso, lui entraverait les membres pour lui mettre la selle de force, et lui monterait dessus, une cravache à la main. Ça ne lui ferait pas peur, pendant des années il a été champion de rodéo !

– Oui, c'est ce qu'on appelle briser un cheval, ajouta Alice en faisant la grimace. J'ai toujours été choquée qu'en anglais vous employiez ce terme pour « débourrer ».

– Pas tout le monde ! précisa Nobie. Moi je ne parle jamais de « briser » un cheval, je préfère dire « débuter », ou tout simplement « dresser ». Mais tu as raison, Alice, ce terme montre bien que la méthode traditionnelle consiste à soumettre le cheval par la force, la contrainte ou l'intimidation, au lieu de lui apprendre en douceur à devenir notre compagnon.

– Tu crois vraiment pouvoir faire d'un étalon sauvage un « compagnon » ? demanda Mike, un peu sceptique.

– Bien sûr, petit. Il suffit d'être patient, et de mettre le cheval en confiance. Lui prouver qu'on ne lui veut aucun mal… Ça, c'est fondamental. Il n'y a pas plus trouillard qu'un cheval ! Si Saguaro est violent, c'est par instinct de fuite et de survie. Pas par méchanceté ! Bien sûr, il faudra aussi se montrer ferme, car de toute évidence Saguaro est un cheval dominant. Mais on peut être ferme sans être cruel. Je veux lui apprendre à me respecter, mais je veux aussi qu'il sache que je le respecte tout autant. Là est le secret…

Ils restèrent tous les trois un moment sans parler, contemplant le mustang qui s'était remis à mâcher son foin tout en les surveillant du coin de l'œil. L'une de ses oreilles était orientée vers eux et bougeait dans tous les sens en signe d'attention, comme s'il écoutait leur conversation. Son étonnante robe bariolée évoqua à Alice une carte du monde, dont les contours noir et blanc dessineraient la géographie des continents.

– Est-ce que tu as eu le coup de foudre pour lui à cause de sa robe ? questionna Mike. Mon père m'a dit que les Indiens avaient toujours préféré les chevaux de couleur. Ici, au ranch, on en a plusieurs, mais aucun avec une robe aussi originale.

– C'est vrai, Mike. La plupart des tribus indiennes, excepté les Kiowas, étaient attirées par les chevaux aux robes bariolées. Dans notre culture, les peintures corporelles étaient liées à la magie et à la religion. Et puis c'était bien pratique pour se camoufler !

– Si Saguaro avait des papiers, il serait sans doute enregistré en tant que Paint Horse, n'est-ce pas, Nobie ? lui demanda Alice, qui s'était toujours passionnée pour la généalogie des races équines.

– Absolument, dans la catégorie des « overos » qui correspond à une robe pie aux combinaisons de couleurs bien particulières. Celle de Saguaro est d'autant plus originale qu'il a aussi des crins bicolores, que l'on trouve plutôt chez les « tobianos ». Dans ma cabane j'ai plusieurs livres sur le Paint Horse qui est, c'est vrai, mon cheval préféré. Je vous montrerai tout ça.

– Moi, je suis sûre que ce n'est pas seulement pour sa beauté que tu as craqué pour Saguaro, fit pertinemment remarquer Alice.

– Bien vu, jeune fille. C'est pour sa personnalité que je l'ai tout de suite aimé. Son regard, le feu de ses yeux, cette étincelle de courage et de liberté que j'y vois briller…

Juste à ce moment, Saguaro tourna la tête vers eux et fit quelques pas dans leur direction. Mike sursauta. Il se leva brusquement, provoquant un violent écart de l'étalon qui s'enfuit au galop en secouant la tête.

– Oh, désolé ! bafouilla Mike. J'ai cru qu'il allait nous charger comme les trois cow-boys dans le Canyon du Serpent Rouge !

– Certainement pas, du moment que nous n'avions pas une attitude agressive, réfuta Nobie. Avec les mustangs, on n'a pas droit à l'erreur. Il faut éviter tout geste brusque ! Selon moi, Saguaro est partagé entre la crainte et la curiosité. À nous de supprimer sa crainte, et d'exploiter sa curiosité à notre avantage. Ainsi, vous verrez que la phase d'apprivoisement durera moins longtemps que ce que vous imaginez...

La suite des événements donna raison à Nobie. Soucieux d'effectuer un dressage progressif, le vieil Indien passa plusieurs jours à observer le comportement du mustang. Son premier objectif étant de l'habituer en douceur à la présence humaine, il avait, pour s'amuser, nommé Alice « première assistante en apprivoisement » et Mike « second assistant ». Mike était bien un peu jaloux, mais au fond de lui il reconnaissait qu'il avait un peu peur de l'étalon sauvage – ce qui n'était absolument pas le cas d'Alice, dont l'aisance et le naturel étaient confondants.

Avec la franchise qui le caractérisait, Nobie avait expliqué à Mike que Saguaro sentait sa peur et qu'il en profiterait pour prendre le dessus, ce qui retarderait son apprentissage : « Tous les chevaux du monde sont très forts à ce petit jeu, Mike, qu'ils soient sauvages ou non ! »

En outre, la rentrée des classes avait lieu à la fin du mois d'août pour les écoliers du Wyoming. Comme Mike était de nature paresseuse à l'école, Ann le faisait désormais travailler tous les jours, il était beaucoup moins disponible.

Dans une longue lettre adressée à Clara, Alice

résuma l'approche du dressage de Nobie en écrivant : « J'apprends enfin à observer les chevaux, alors qu'avant je ne faisais que les regarder. » Auprès du vieil Indien, elle découvrit les bienfaits de la patience et de l'observation. Rien qu'en examinant attentivement la façon dont il travaillait, elle intégra, mieux que dans n'importe quel manuel de dressage, les réflexes à acquérir, les bons gestes à effectuer, les mauvais à éviter…

Nobie parlait peu, mais il était toujours disponible pour répondre à ses questions. Lorsqu'elle lui demanda pourquoi il ne punissait jamais Saguaro lorsque celui-ci refusait d'obéir, il lui répondit en quelques phrases qui s'imprimèrent à jamais dans sa mémoire : « S'il refuse d'obéir, c'est parce que je ne lui ai pas présenté la chose sous un angle qu'il puisse comprendre. L'homme et le cheval ne parlent pas le même langage, Alice. Ils fonctionnent même sur des modes totalement opposés. Or toi tu es capable de te mettre à la place de Saguaro, alors que Saguaro est incapable de se mettre à ta place. Il te faut donc apprendre à voir les choses de son point de vue à lui, et non du tien. Alors seulement, tu parviendras à communiquer avec lui. »

Tous les jours, Alice entrait dans le pré, nourrissait Saguaro, lui remplissait sa bassine d'eau fraîche, l'approchait de plus en plus près en gardant à l'esprit la notion de « bulle » que lui avait enseignée Nobie : « Les chevaux sauvages ont une sorte de bulle de sécurité virtuelle autour d'eux. Tu peux les approcher jusqu'à un certain point. Au-delà, ils se croient en danger et s'enfuient. C'est vraiment au centimètre près ! Tu dois donc t'approcher, te retirer, t'approcher à nouveau… en restant toujours à la limite de cette bulle. Ainsi, au fur et à mesure que le cheval prend confiance, la taille de la bulle diminue jusqu'à ce qu'il puisse accepter le contact. »

Au début, Alice s'était étonnée :

– Mais les chevaux domestiques aiment bien les caresses !

– Uniquement parce qu'ils y sont habitués ! répondit Nobie. Tu sais, d'une façon générale, les mustangs n'aiment pas être touchés par l'homme. Ils ne connaissent et ne recherchent que le contact de leurs semblables ; ils considèrent comme une menace l'humain qui veut les caresser. Il faut souvent une à deux semaines pour pouvoir simplement les toucher, quelques semaines encore pour qu'ils commencent vraiment à apprécier les caresses. D'après sa dentition, Saguaro a déjà sept ans de liberté derrière lui. Ne nous plaignons pas de lui, je trouve qu'il assimile extrêmement vite.

– Il n'empêche qu'il s'enfuit facilement !

– L'instinct de fuite est le propre de l'espèce équine, Alice. Mais il est plus développé encore chez les mustangs, puisque dans la nature il a pour objectif de les protéger contre les prédateurs. Les premiers temps, n'importe quel bruit – une voiture, un sac plastique, Tucker qui aboie… – fera systématiquement déguerpir Saguaro car il n'est pas encore familier de notre civilisation.

– Alors pourquoi ne pas le mettre dans un tout petit corral pour mieux le maîtriser, au lieu de cet immense pré ?

– C'est justement l'erreur à ne pas faire ! Un mustang enfermé dans un corral restera stressé des jours durant, parce qu'il aura l'impression de ne pouvoir se mettre en sécurité si un danger survient. Les chevaux sauvages ne supportent pas d'être contraints, ni de voir leur possibilité de fuite diminuée ou, pire encore, supprimée. Il faut donc toujours leur laisser cette possibilité. C'est pour ça que lorsqu'il sera bien en confiance, nous travaillerons Saguaro non pas dans un espace carré, mais dans le *round pen* qui lui donnera l'impression de pouvoir fuir en continu, sans risquer d'être bloqué dans un coin.

– Pourtant il faudra bien un jour qu'il apprenne à ne plus fuir ?

– Un jour, oui, mais ce sera alors son choix à lui... N'oublie pas ce que je t'ai expliqué l'autre jour, Alice : il faut prouver à Saguaro qu'on ne lui veut aucun mal, et qu'on ne le mettra jamais en péril.

Grâce aux conseils avisés de Nobie, Alice et Saguaro progressaient rapidement et au même rythme. Chaque jour, la jeune fille arrivait un peu mieux à décoder le langage du mustang à travers le moindre signe qu'il lui envoyait. Elle devinait ses émotions rien qu'à la mobilité de ses oreilles, la position de son encolure, sa façon de se lécher les lèvres ou de tenir sa queue plus ou moins plaquée.

Pour mieux se faire comprendre de lui, elle-même avait appris à utiliser le langage de son corps, reproduisant certaines attitudes naturelles d'apprentissage comme celles de la jument avec son poulain. Elle parvenait maintenant à le toucher sur tout le corps, à lui passer le licol, à lui faire baisser la tête ou reculer par simple pression des doigts. Le principe de base était toujours le même : solliciter le cheval, puis cesser immédiatement de le solliciter à la seconde même où il cédait à la pression. « Repère le moindre effort et félicite-le quand il *commence* à obéir, et non quand il a *fini* d'obéir ! », lui répétait toujours Nobie. C'était contraire à tous les enseignements qu'elle avait reçus jusque-là au club hippique de la Coulée Verte, mais c'était sacrément efficace. Ainsi encouragé et rassuré dans chacune des étapes de son apprentissage, Saguaro devenait chaque jour plus confiant, plus motivé, plus désireux de la satisfaire.

Lorsque Gary revint de l'Oklahoma, une dizaine de jours plus tard, Saguaro acceptait facilement d'être approché, manipulé et mené en licol. Justin ayant réuni tout le monde pour expliquer qu'il ne tolèrerait aucun conflit au Ranch de la Vallée Cachée, « parce qu'une bonne ambiance générale est essentielle pour bien travailler », chacun avait fait des efforts pour ne pas manifester ouvertement ses sentiments personnels.

Chacun, sauf... Saguaro ! Toutes les fois que Gary passait à côté de lui, l'étalon se mettait à ronfler et arrondir l'encolure. Cela faisait rire en douce Alice et Mike, auxquels Nobie avait expliqué : « Les chevaux ont une mémoire prodigieuse, surtout celle des mauvais souvenirs. De toute sa vie, Saguaro n'oubliera jamais la voix et l'odeur de Gary, même s'il se déguisait avec les vêtements de Jim ! »

Nobie se consacrait également tous les jours au débourrage des poulains. Il utilisait la même méthode qu'avec Saguaro, s'appliquant à rendre inconfortable au cheval le mouvement incorrect, et confortable le mouvement recherché. Ainsi le poulain apprenait de lui-même que son confort se situait près de son dresseur, dans l'obéissance, plutôt que dans le refus ou la fuite. Les poulains étant pour la plupart des Quarter Horses, déjà dotés du mental exceptionnel propre à la race, leur débourrage ne fut qu'une formalité. Justin se déclara emballé par sa nouvelle recrue. « Je n'ai jamais vu les poulains aussi rapidement mis en confiance, dit-il un jour à Alice en voyant l'Indien revenir tranquillement de la montagne sur le dos d'une jolie pouliche à la robe isabelle. Pas une seule défense, pas un seul coup de cul… C'est impressionnant ! »

Alice était ravie, non seulement pour Justin et Nobie, mais aussi pour les poulains qui ne passaient désormais plus entre les mains dures de Gary. Avec tact et diplomatie, l'Indien avait pourtant essayé de convaincre le cow-boy que les poulains ainsi débourrés étaient plus agréables à monter, mais Gary avait ricané : « Si c'est pour me parler psychologie du cheval et autres âneries, tu perds ton temps, Nobie ! » Heureusement, c'était aussi la période de marquage du bétail et Justin avait attribué cette tâche à Jim et Gary, qui n'avaient donc plus le temps de s'occuper des chevaux.

Saguaro semblait maintenant rechercher le contact de l'Indien et de sa jeune élève. « Tous les chevaux sont grégaires, c'est-à-dire qu'ils ont un besoin biologique de la proximité de leurs congénères, expliqua Nobie à Alice. Comme Saguaro est un peu isolé du groupe, nous constituons sa seule référence, et il vient chercher auprès de nous une sorte de support moral. »

Le jour où Nobie vit Alice prendre les pieds du mustang sans aucune résistance pour les curer, il lui dit :

– Tu vois, Alice, Saguaro vient de te donner une immense preuve de confiance.

– Simplement en me donnant ses pieds ?

– Bien sûr ! Pour un animal de fuite comme lui, ses jambes sont les garantes de sa sécurité. Te donner ses pieds, c'est un peu sa façon à lui de te dire qu'il se sent en sécurité auprès de toi… Je pense qu'il est prêt pour être monté.

– C'est vrai, tu vas enfin le monter ?

– Non, pas moi. Toi, Alice !

– Moi ? Alice manqua s'étouffer de surprise. Tu plaisantes ?

– Absolument pas. Mais seulement si tu es d'accord, bien sûr. Et à l'indienne : à cru, et dans l'eau !

8

– Pourquoi à l'indienne ? interrogea Alice, à la fois flattée et vaguement inquiète de l'honneur que lui faisait son nouvel ami.

– Certaines tribus indiennes, comme les Pieds-Noirs et les Gros-Ventres, confiaient à des adolescents de ton âge le soin de garder les chevaux et de les habituer au contact humain. J'ai d'ailleurs pensé à cette tradition en vous demandant, à toi et Mike, d'apprivoiser Saguaro. Les jeunes faisaient ça dans l'eau, où la résistance est plus réduite. Ils établissaient ainsi avec les chevaux des relations amicales en les caressant sur toutes les parties du corps jusqu'à ce qu'ils ne montrent plus aucune réticence envers l'homme. Ensuite, ils leur montaient dessus, à cru et toujours dans l'eau.

– Et… ça ne craint rien ? demanda Alice avec méfiance.

– Si je te dis que Saguaro est prêt, tu peux me faire confiance, assura Nobie. J'ai pour principe de ne jamais monter sur un cheval avant qu'il soit parfaitement respectueux et facile à diriger au sol, ce qui est maintenant le cas de Saguaro.

– Et s'il se met à ruer quand même comme un bronco ? demanda encore Alice.

– Dans l'eau, il en sera incapable. Et puis, même si tu tombes tu ne te feras pas mal, tu en seras quitte pour une bonne baignade ! Rassure-toi, Justin est d'accord, je ne te proposerais pas ça si j'avais le moindre doute. Non seulement tu es légère, mais en plus Saguaro te connaît parfaitement. Ça se passera très bien !

– Et… On va faire ça où ?

– Mais juste là, dans la mare au-dessus de l'écurie !

Quelques heures plus tard, Justin, Ann, Mike et Jim étaient assis dans l'herbe, juste au-dessus de la mare, pour assister au spectacle. Non loin de là, Gary graissait des cuirs sur le porche de la sellerie. Il faisait très chaud en ce début d'après-midi, il n'y avait pas un souffle de vent, ce qui inciterait à la fois Alice et le mustang à se mouiller.

Nobie mit son licol à Saguaro et l'amena tout au bord de la mare. Il le laissa longuement flairer l'eau, d'un vert très clair, où venaient se poser des libellules aux ailes translucides. Puis il donna une légère traction sur la longe en l'encourageant de la voix. L'étalon se souvint-il du petit lac du désert du Serpent Rouge, où les chevaux sauvages avaient l'habitude de se rafraîchir ? Ou bien décida-t-il simplement d'obéir au vieil Indien parce qu'il lui faisait confiance ? Toujours est-il qu'il entra sans problème dans l'eau et se retrouva bientôt immergé jusqu'aux épaules. Vêtue d'un jean, d'un T-shirt et de baskets en toile, Alice pénétra dans l'eau à sa suite et, s'accrochant à sa crinière, se hissa sur son dos en écoutant attentivement les conseils de Nobie : « Fais-toi la plus légère possible, imagine que tu es un flocon de neige qui se pose tout doucement sur lui… Tiens la longe très longue, sois attentive au moindre de ses mouvements et reste concentrée à chaque instant. Bientôt il n'aura plus pied, laisse-le simplement nager et rassure-le de la voix. »

Lorsqu'il sentit le poids de la jeune fille sur son dos, Saguaro parut surpris et commença à s'agiter. L'eau lui éclaboussa la tête et ses mouvements s'accélérèrent, mais il était obligé de nager en même temps et se fatigua rapidement. Se tenant d'une main à la crinière, Alice ne cessait de lui parler. Elle parvint bientôt à le diriger vers la droite ou la gauche, simplement en écartant la longe dans la direction souhaitée. Déjà habitué à répondre à la pression de la longe au sol, Saguaro réagit de la même façon monté. Au bout d'une demi-heure de nage environ, il était parfaitement calme et Alice lui permit de regagner le rivage.

Nobie le fit sortir de l'eau, en attrapant la longe pour prévenir tout écart éventuel. Mais Saguaro avait l'air exténué, il ne bougeait pas, indifférent maintenant à la présence de sa cavalière. À la fois fière et soulagée, la jeune fille le caressa sur l'encolure pour le féliciter et se laissa doucement glisser à terre. Il était temps : tout à coup le mustang se secoua de toutes ses forces restantes, éclaboussant Alice et Nobie qui éclatèrent de rire.

– Bravo, bravo ! cria Mike en tapant joyeusement des mains.

– J'ai pris une pellicule entière, dit Ann en refermant son appareil photo. Au moins l'événement sera immortalisé, tu pourras montrer les photos à ta famille et tes amis.

– « *La téméraire Française Alice Desormeaux enfourchant pour la première fois un cheval sauvage réputé fou et indomptable* », déclama Mike sur un ton emphatique. Waouh, la classe !

– Au lieu de te moquer de moi, regarde plutôt ce que fait Saguaro ! se réjouit Alice.

L'étalon, que Nobie venait de ramener dans son pré, était déjà en train de se rouler par terre. Il fit plusieurs fois le demi-tour complet, puis se releva et s'ébroua. Sa belle robe pie était désormais invisible sous la couche de poussière brunâtre qui l'avait recouverte.

– Regardez aussi du côté de Gary, chuchota Justin sur un ton amusé. Il en est toujours à sa première selle ! J'ai bien vu qu'il faisait semblant d'astiquer avec son chiffon d'un air absorbé, mais que du coin de l'œil il ne perdait pas une miette du spectacle !

– Bon, eh bien moi je vais me changer ! déclara Alice, dont le jean trempé collait désagréablement à la peau.

Le soir, la jeune fille était tellement fatiguée qu'elle dit bonsoir à tout le monde après le dîner et alla directement se coucher. Elle s'apprêtait à se déshabiller lorsqu'elle entendit des pas gravir l'escalier de bois. Quelqu'un frappa à la porte. Nobie apparut, tout essoufflé :

– Ouf ! Eh bien, il faut avoir ton âge pour prendre plaisir à habiter aussi haut ! dit-il en riant. Alice, j'ai un petit cadeau pour toi.

– Un cadeau ? Mais pourquoi ?

– Disons que c'est pour fêter l'événement de cet après-midi, et te remercier de ton aide avec Saguaro. Tiens, prends.

Alice ouvrit la boîte qu'il lui tendait. Elle découvrit une petite broche en argent, ornée d'une turquoise et représentant une tête de cheval.

– C'est ma grand-mère qui me l'a donnée, elle-même la tenait de sa mère, ajouta Nobie. Comme je n'ai pas de fille, cela me fait très plaisir de te l'offrir. Tu la garderas en souvenir de moi et de Saguaro.

– Oh, merci, Nobie, répondit Alice, très émue. Elle est vraiment jolie. Je la garderai toute ma vie !

– En tout cas, Alice, je suis sincère quand je te dis que ton aide m'est précieuse avec Saguaro. Les choses iraient beaucoup moins vite si tu n'étais pas là !

– Tu crois vraiment que j'arrive à communiquer avec lui ?

– Ce qu'il a fait tout à l'heure le prouve ! Tu te souviens de ce que je t'ai raconté à propos du saguaro, ce cactus du désert d'Arizona ? Saguaro est exactement pareil : vu de l'extérieur, il paraît dur et plein d'épines. Mais si on fait l'effort d'aller au-delà des apparences, si on prend le temps de l'attendre, alors il offre ce qu'il a de plus beau. Ce qu'il t'a offert cet après-midi, Alice, c'est sa fleur à lui. Tu comprends ?

– Je crois que oui… Tu veux parler de sa confiance, n'est-ce pas ?

– Exactement. Mais ne crois pas que tout soit gagné pour autant ! Je sais d'expérience que les mustangs sont aussi désireux de donner leur confiance qu'ils sont prompts à la retirer. Il suffit de trahir cette confiance une seule fois pour qu'elle soit brisée à jamais. Il faut toujours avoir cela à l'esprit avec un cheval sauvage.

– Je m'en souviendrai, Nobie, je te le promets, répondit Alice. Je crois que Saguaro le mérite.

– Oh, ça oui, Alice… Ce mustang, il a un cœur gros comme ça ! Mais c'est dans notre cœur à nous qu'il faut chercher cette vérité-là.

Dès le lendemain, Nobie à son tour monta sur le dos de Saguaro, toujours à cru mais cette fois dans le *round pen*. Le mustang se comporta tellement bien que l'Indien conclut la première séance par une petite promenade autour du ranch. Puis il l'initia en douceur à la selle, s'étonnant lui-même de la bonne volonté que mettait l'étalon.

Près de trois semaines passèrent. On était quasiment au terme du délai fatidique d'un mois imposé par le Bureau d'Aménagement du Territoire. Nobie montait Saguaro tous les jours, parfois à cru, avec une sorte de bride sans mors qu'il avait confectionnée lui-même et qui coulissait astucieusement sur le chanfrein pour exercer une légère pression. C'était un cheval fougueux, bien sûr, mais il était coopératif et volontaire. Il vivait maintenant au pré avec de jeunes mâles et, malgré son caractère dominant, il était respectueux des autres chevaux lorsqu'il était monté. Alice rêvait de le chevaucher dans les montagnes du Ranch de la Vallée Cachée, mais Nobie préférait attendre encore un peu, par sécurité :

– Il a quand même un tempérament très vif, et puis il fait parfois des écarts imprévisibles. Je ne voudrais pas qu'il t'arrive quelque chose, je me sentirais responsable, tu comprends.

– Tu vois, ça veut dire que tu as des doutes, toi aussi ! Dis-moi franchement, qu'est-ce que tu penses que les inspecteurs du Bureau vont dire ? s'inquiéta la jeune fille.

– Ça fait cent fois que tu me poses la question, Alice ! s'esclaffa Nobie. Ne te fais pas de souci, Saguaro est maintenant mieux dressé que bien des chevaux domestiques !

– Je sais, mais j'y pense tout le temps, le soir ça m'empêche de dormir…, avoua Alice.

– Allez, pour te changer les idées on va se faire une petite balade. Selle donc ta jument et demande à Mike s'il veut venir avec nous.

– Oh, Mike, il fait un peu la tête en ce moment…

– Il faut le comprendre, tu passes beaucoup moins de temps avec lui depuis que Saguaro et moi sommes arrivés. Allez, va le chercher !

Alice se mit en quête de Mike tout en se disant que Nobie avait raison. Elle avait un peu délaissé son jeune ami ces dernières semaines, et surpris plus d'une fois la tristesse dans son regard. « Je ne suis qu'une égoïste », se dit-elle avec un sentiment de honte. L'appelant à tue-tête, elle finit par le trouver assis, les jambes pendantes dans le vide, sur la plate-forme de la cabane en bois que Justin lui avait construite en haut d'un peuplier. Alice s'élança, grimpa l'échelle de corde et s'assit à côté de lui sur la plate-forme.

– Pourquoi tu ne réponds pas ? Je te cherche partout !

– Ah bon ? Je ne t'ai pas entendue, mentit Mike en prenant un air pincé. Qu'est-ce que tu veux ?

– Te proposer de venir en balade avec Nobie et moi.

– En balade ? Mais voyons, je ne voudrais pas vous déranger...

– Oh, Mike, arrête ! Bon, je m'excuse, c'est vrai que je t'ai un peu négligé ces derniers temps à cause du débourrage de Saguaro.

– Négligé ? Tu m'as complètement laissé tomber, oui ! D'ailleurs, je suis sûr que tu aimes plus Nobie que moi.

– Mike, tu dis n'importe quoi ! Tu mélanges tout ! C'est vrai que j'aime beaucoup Nobie, qu'il m'apprend plein de choses inouïes avec les chevaux, mais ça ne veut pas dire que je le préfère ! Bon, arrête avec ça et viens plutôt avec nous. De toute façon, toi aussi tu l'aimes beaucoup, Nobie, je le sais. Tiens, pense au petit duc !

Mike ne put s'empêcher de sourire à cette dernière évocation. Nobie avait passé des heures à soigner le hibou, allant jusqu'à lui confectionner une attelle pour son aile cassée avec deux bâtonnets de bois reliés par un élastique. Lorsque, quinze jours plus tard, le petit duc s'était enfin envolé, Mike en avait pleuré de joie. Il affirmait d'ailleurs l'entendre hululer toutes les nuits près de sa chambre et tout le monde s'était moqué de lui, sauf Nobie qui l'avait défendu : « Et pourquoi pas ? Peut-être ce hibou revient-il chaque nuit près de Mike, à qui il sait qu'il doit la vie ! »

– Bon, d'accord, je viens !

Lorsqu'ils arrivèrent à l'écurie, Nobie avait fini de seller Saguaro. Alice et Mike se dépêchèrent de préparer Ebony et Timber, et tous trois se dirigèrent vers la Rivière d'Argent. Un peu énervée par la présence de l'étalon, Ebony dansait littéralement sous les jambes d'Alice. On eût dit qu'elle effectuait un impeccable piaffer en vue d'une reprise de dressage classique…

Il faisait gris ce jour-là, une petite pluie fine commença à tomber sur le chapeau noir d'Alice, orné de la broche en argent que lui avait offerte Nobie. Après avoir enfilé leur imperméable, les cavaliers commencèrent à gravir le sentier qui montait au Pic du Sphinx. Quelques dizaines de mètres plus haut, un aigle royal était posé et s'acharnait sur un animal qu'ils ne pouvaient distinguer. Puis il s'envola en tenant sa proie entre ses serres et disparut derrière la montagne. Les cavaliers découvrirent plus loin sur le sentier des petites touffes de fourrure blanche tachée de sang.

– Oh, regardez ce qui reste de ce pauvre petit lapin, gémit Alice.

– Voyons, Alice, ne sois pas si sensible ! rétorqua Nobie. Il faut bien que cet aigle se nourrisse, non ?

Ils atteignaient maintenant le sentier de crête qui menait au sommet du Pic, là où Alice et Mike s'étaient perdus la nuit dans le brouillard. Heureux d'arriver, les chevaux parcoururent au galop les derniers mètres et s'arrêtèrent juste sur le haut de la falaise, devant l'à-pic. En confiance avec sa jument, Alice la fit avancer sur le promontoire rocheux, enivrée comme à chaque fois par le vide vertigineux qui se déployait sous ses yeux. Soudain, une ombre noire obscurcit sa vision : un aigle royal passa à quelques mètres seulement au-dessus de sa tête, en émettant un cri strident. Tous les chevaux sursautèrent. Alice se hâta de faire reculer sa jument du promontoire tandis que l'aigle s'éloignait, fendant l'air de ses ailes déployées.

– Vous avez vu ça ? balbutia Mike, tout ému. Et vous avez entendu ce bruit ? On aurait dit que l'air était giflé !

– J'ai eu le temps de croiser son regard doré, c'était comme dans un rêve… répondit Alice, émerveillée. Je n'ai jamais vu un aigle d'aussi près, il m'a paru immense !

– Il devait être posé juste en-dessous du promontoire, et Alice l'a surpris en surgissant brusquement, ajouta Nobie dont l'émotion était également perceptible. Peut-être même a-t-il son nid ici, il faudra regarder avec les jumelles en redescendant.

– Tu crois que c'est l'aigle qu'on a vu tout à l'heure en montant, celui qui dépeçait le lapin ? demanda Mike.

– C'est probable, à moins que ce ne soit sa compagne, répondit Nobie. Les aigles royaux vivent en couple. Généralement, ils restent fidèles toute leur vie ! C'est aussi une des rares espèces où la femelle est plus grande que le mâle. Et leur territoire de chasse peut aller jusqu'à deux cent soixante kilomètres carrés.

– C'est vrai que les aigles sont sacrés chez les Indiens ? s'enquit à nouveau Mike avec sa curiosité habituelle.

– Oui, c'est vrai. Tous les animaux sont sacrés chez les Indiens, mais l'aigle l'est tout particulièrement : c'est l'oiseau qui vole le plus haut, et le plus vite. Celui qui se rapproche le plus du monde spirituel… Il symbolise la protection, la richesse, la prémonition, la force et la sagesse. On dit aussi qu'il porte les prières des humains directement au Créateur.

– C'est pour ça que dans tous les États-Unis il est interdit de ramasser une plume d'aigle, sauf si on est soi-même un Indien ?

– Tout à fait. L'aigle royal est une espèce protégée et officiellement, ce délit est même puni d'une amende qui peut aller jusqu'à dix mille dollars et dix ans de prison ! En ce qui me concerne, je trouve cette réglementation stupide. Ce sont encore les Blancs qui l'ont inventée, pour se donner bonne conscience ! Tiens, quand on parle du loup...

Nobie, qui avait mis pied à terre, se pencha pour ramasser une magnifique plume d'aigle. Il la lissa du bout des doigts et la tendit à Mike en riant :

– Tiens, petit. Tu n'es peut-être pas un Indien, mais je sais à quel point tu adores les aigles ! Cette plume sera ton porte-bonheur.

Rougissant de plaisir, Mike fixa la plume sur son chapeau et descendit de cheval. Puis il attacha Timber à un arbre pendant qu'Alice attachait Ebony de l'autre côté, près de l'étalon.

– C'est bien d'habituer Saguaro à rester attaché près d'une jument, n'est-ce pas, Nobie ? demanda-elle.

– Oui, à condition qu'elle ne soit pas en chaleur ! Mais ne t'inquiète pas, ce n'est pas le cas en ce moment, sinon Saguaro ne serait pas aussi calme.

En effet, le mustang et la petite Morgan se tenaient tranquillement l'un à côté de l'autre, comme de vieux amis. Ils se détachaient sur la falaise orangée. Nobie, qui les observait d'un air songeur, dit alors :

– Tu sais à quoi je pense, Alice ? Un jour, tu devrais mettre Ebony et Saguaro quelques semaines tout seuls dans un pré... Ça donnerait un sacré joli poulain !

– J'y avais pensé, mais tout dépend de combien de temps tu resteras au Ranch de la Vallée Cachée, répondit Alice timidement.

– Ah, ça… Je n'en sais rien moi-même, répondit Nobie, le regard lointain, de sa voix profonde qui semblait charrier toute une vie de mystères.

Une fois que les chevaux furent bien reposés, ils redescendirent par le Sentier du Hors-la-Loi lorsque retentit, tout près, le crépitement bien connu d'un serpent à sonnette.

– Allez, Mike, on va montrer à Nobie ce qu'on sait faire ! s'écria Alice en sautant à terre.

Elle avait déjà sorti le couteau de son étui lorsque Nobie l'arrêta d'un geste ferme :

– Range ça tout de suite, Alice, s'il te plaît.

– Mais… qu'est-ce qu'il y a ? demanda-t-elle, interdite, la lame du couteau brillant dans sa main droite.

– Pourquoi veux-tu tuer ce serpent ?

– Eh bien, heu… Parce que c'est un serpent !

– Ce n'est pas une réponse, ça.

– Parce que c'est un serpent venimeux et qu'il est dangereux, voilà pourquoi.

– Voyons, Alice, pour qui est-il dangereux ? Ni pour toi, qui ne risques rien en hauteur sur ton cheval, ni pour les chevaux, qui ne craignent guère sa morsure. Le venin du serpent à sonnette n'est mortel que pour les rongeurs ou autres petits animaux ! En outre, c'est rarissime qu'un serpent attaque un homme ou un cheval, son instinct le pousse toujours à fuir ou se cacher.

– Moi, je suis comme Alice, je n'aime pas les serpents, marmonna Mike pour défendre son amie qui était cramoisie de honte.

– Tu n'aimes pas les serpents, mais tu aimes les aigles… Pourtant, Mike, les aigles mangent les serpents, donc en tuant ce serpent tu fausses tout l'équilibre naturel de la montagne ! Si tout le monde faisait comme vous, il n'y aurait bientôt plus d'aigles ! Pas plus tard que tout à l'heure, Alice s'apitoyait sur un petit lapin, et toi tu m'as dit détester la chasse. Ce que je veux vous faire comprendre, c'est que chacun a sa propre échelle de valeurs. Dans l'esprit de la plupart des gens, on a le droit de tuer un insecte ou un reptile, mais pas un lapin ou une biche parce que c'est plus mignon… C'est une hypocrisie typique de la civilisation blanche ! Dans la culture indienne, on respecte tout ce qui est vivant, sans faire de distinction.

Alice rentra le couteau dans son étui en disant d'un air penaud :

– Je n'avais jamais vu les choses sous cet angle, Nobie, mais en y réfléchissant bien je pense que tu as raison…

Les cavaliers atteignaient maintenant les grands espaces de la prairie située au sud du ranch. Ils débusquèrent un coyote qui s'enfuit en rasant le sol, petite flamme blonde et dansante dans le paysage uniformément gris. La pluie, qui avait redoublé d'intensité, exhalait l'arôme puissant de la sauge. Au passage d'un buisson, Alice attrapa quelques brins d'un gris bleuté, les frotta entre ses doigts puis les porta à ses narines pour les respirer avec délice. Elle adorait monter à cheval sous la pluie, surtout à cause des odeurs plus intenses de la végétation environnante. Elle leva son visage vers le ciel en fermant les yeux de plaisir.

– Si on faisait une course ? suggéra Mike.

– Bonne idée ! acquiesça Nobie. Jusqu'à la porte d'entrée du ranch, il y a bien deux kilomètres.

Les trois chevaux s'élancèrent en même temps, bondissant par-dessus les buissons de sauge. Timber fit un départ fulgurant, mais il fut bientôt rattrapé par Ebony qui prit la tête de la course. Saguaro était plusieurs mètres derrière Timber, mais Alice entendit bientôt le souffle chaud du mustang qui se rapprochait. Il les doubla tous les deux à la vitesse du vent, les oreilles plaquées sur la tête comme s'il voulait traverser le rideau de pluie.

– Décidément, c'est vraiment Saguaro le cheval le plus rapide du ranch ! s'écria Mike à l'arrivée.

– Oui, il n'y a pas de doute ! répondit Alice avec admiration, tout en mettant pied à terre pour ouvrir la porte.

Dès qu'ils arrivèrent au ranch, Ann sortit de la maison et courut vers eux. Le visage rayonnant, elle annonça : « J'ai une bonne nouvelle pour toi, Alice. Ton père a téléphoné, il arrive ce soir. Et après-demain, il t'emmène quatre jours à cheval dans les montagnes de la Washakie, avec Mike, Jim et Nobie. »

9

En route vers l'aéroport du district, installée sur la banquette du Suburban avec Justin et Mike, Alice laissa éclater sa joie :

– Un *pack-trip* de plusieurs jours ! Depuis le temps que j'attendais ça ! Dormir à deux ou trois mille mètres d'altitude, bivouaquer avec nos chevaux...

– Oui, c'est génial, renchérit Mike. Et puis au moins, avec ton père, il y a le charme de l'imprévu ! Lui qui n'avait pas donné de nouvelles depuis des semaines, un jour il appelle et hop, il arrive le soir même !

– C'est tout lui, ça, soupira Alice. Il décide toujours les choses à l'improviste, et tant pis pour ceux qui ont du mal à s'adapter. Quand je pense qu'il ne m'avait pas appelée depuis fin juillet...

– Tu ne vas pas te plaindre, non ? Un *pack-trip* juste avant de reprendre l'école, c'est idéal pour finir les vacances en beauté ! Papa, tu ne peux vraiment pas venir avec nous ?

– Pas cette fois-ci, mon garçon. Je voudrais finir de marquer le bétail avec Gary, on a pris du retard à cause de son accident. Et puis Nobie connaît parfaitement les montagnes de la Washakie.

– Et on part quand ?

– Après-demain.

La radio se mit à diffuser un morceau de Sawmill Creek, le groupe de musique country préféré d'Alice. Justin monta le son et Mike et Alice, tout excités, chantèrent à tue-tête jusqu'à l'aéroport.

Sur la piste, le petit avion Cessna en provenance de Billings venait tout juste de se poser. Philippe Desormeaux, très élégant en costume beige, en sortit quelques minutes plus tard. Oubliant d'un coup sa rancœur, Alice se précipita vers lui. Lâchant son sac de voyage, il la prit dans ses bras et la fit tournoyer en l'air comme une fillette de cinq ans. Le père et la fille se ressemblaient de façon frappante : mêmes cheveux ondulés, mêmes yeux gris vert au regard intense, mêmes traits fins. Philippe donna une accolade affectueuse à Justin et Mike, et tous les quatre remontèrent dans le Suburban pour repartir vers le Ranch de la Vallée Cachée.

Le lendemain matin à cinq heures, Alice frappa à la porte de la chambre d'amis pour réveiller son père. Elle tenait absolument à faire le *wrangling* avec lui, heureuse qu'ils puissent enfin partager l'un de ses moments les plus chers. Une fois habillé, Philippe rejoignit Alice à l'écurie. Il avait troqué son costume chic contre une tenue western décontractée – jean Wrangler, chemise Marlboro Classics et bottes Tony Lama en cuir. En le voyant remonter l'allée, Ann, qui bavardait avec Alice pendant que la jeune fille brossait Ebony, lui glissa en riant : « Quelle classe il a, ton père ! Il n'y a qu'un Français pour avoir cette allure lorsqu'il est habillé en cowboy ! » La jeune fille sourit, habituée aux compliments sur son père dont le charme et le charisme séduisaient aussi bien les hommes que les femmes. Les époux Anderson ne cachaient pas leur admiration pour ce Français issu d'un milieu modeste, qui avait brillamment réussi dans la vie grâce à son intelligence et sa ténacité.

Philippe embrassa la jeune femme, puis dit bonjour à Jim et Nobie. Pahaska et Saguaro étaient déjà sellés. Il put admirer en plein jour la beauté du mustang, qu'il n'avait vu que de nuit. La veille au soir, durant tout le trajet en voiture, Alice lui avait raconté l'histoire de Nobie et du « cheval fou », ainsi que le terrible ultimatum imposé par les autorités fédérales. Dès leur arrivée au ranch, elle lui avait présenté l'Indien et l'avait entraîné dans le pré pour voir Saguaro.

– Je dois reconnaître qu'il est sacrément beau, dit-il en jetant un regard admiratif sur le mustang. Est-ce que c'est un bon cheval de *wrangling* ?

– Excellent, même, répondit Alice. C'est naturel pour lui, puisque Saguaro était un chef de harde quand il était encore sauvage. Lors des déplacements de mustangs, contrairement à ce qu'on croit souvent, ce n'est pas l'étalon qui prend la tête du troupeau, mais plutôt une vieille jument dominante. L'étalon, lui, se tient à l'arrière et canalise les jeunes chevaux.

– Eh bien, tu en sais des choses ! s'exclama Philippe.

– Nobie m'a pas mal éclairée sur le comportement des chevaux, acquiesça Alice avec fierté en adressant un sourire complice à son vieil ami. Et pas seulement celui des chevaux sauvages, tu sais. Même Ebony, je la comprends mieux maintenant et j'ai l'impression d'être une meilleure cavalière pour elle.

Jim finissait de seller le cheval préféré de Philippe, un fringant Quarter Horse bai brun appelé Tumbleweed – en hommage à ces buissons de branches sèches qui se laissent emporter par le vent et roulent le long du sol. Alors que l'aube commençait seulement à poindre, les cavaliers partirent en silence au petit trot. Juste après la porte de la Rivière d'Argent, ils se divisèrent en deux groupes pour se mettre à la recherche des chevaux. Nobie prit le sentier de droite avec Jim, tandis qu'Alice gravissait le sentier de gauche avec son père.

Philippe montait à cheval avec élégance. Il avait découvert la monte western dans le Wyoming, lorsqu'il avait acheté le Ranch de la Vallée Cachée, et s'y était adapté avec facilité. Mais il y apportait la distinction qu'il mettait en toute chose et l'on voyait bien, malgré sa tenue de cow-boy, qu'il avait derrière lui de longues années d'équitation classique. Il n'arrivait d'ailleurs toujours pas à perdre certains réflexes, comme celui de se mettre en selle uniquement à gauche. Ce n'était guère pratique sur les pentes accidentées du Wyoming ! Alice, qui montait indifféremment à droite ou à gauche selon l'endroit où elle se trouvait, ne manquait pas de se moquer de lui.

– C'est une tradition militaire qui n'a plus aucune raison d'être aujourd'hui ! lui répétait-elle à chacune de leurs balades. Tous les chevaux devraient être habitués à être enfourchés des deux côtés !

– Je te trouve plus épanouie que jamais, ma chérie, confia Philippe à sa fille. On dirait que tu as tissé des liens très forts avec Nobie, n'est-ce pas ?

– C'est vrai. Avec lui, j'ai plus appris en un mois qu'en sept ans au club de la Coulée Verte ! répondit Alice d'un air sérieux.

– Quelle expérience formidable ! Tes amies vont être vertes de jalousie...

– Nobie dit que c'est particulièrement intéressant de travailler avec des mustangs, parce que l'Homme n'a pas influé sur leur comportement au travers de l'élevage ou de l'éducation, reprit Alice avec passion. Les chevaux sauvages nous permettent de faire la part des choses entre leurs comportements naturels et ceux qui ont été conditionnés par l'homme. On découvre ce qu'est réellement un cheval à l'état naturel, et lors du dressage il devient logique de prendre en compte son instinct et son mode de fonctionnement.

Philippe sourit du ton docte et sérieux qu'avait pris Alice pour prononcer son petit discours. Il la trouvait changée, mûrie depuis la dernière fois qu'il l'avait vue à Paris, quatre mois auparavant.

Le soleil venait de se lever derrière les cimes dentelées de la montagne, dans un poudroiement d'or et de lumière. Ils traversaient maintenant un bois de pins où voletait de branche en branche une multitude d'oiseaux bleus des montagnes. Leurs plumes irisées scintillaient chaque fois qu'un rayon de soleil parvenait à percer, au gré de la brise qui écartait doucement le feuillage. Juste à la sortie du bois, une vingtaine de wapitis s'enfuit en bondissant de part et d'autre de leurs montures à peine étonnées.

– Tiens, Alice, regarde ce que j'ai trouvé ! dit Philippe en désignant en contrebas une tache blanche.

C'était un magnifique bois de cerf, perdu par l'animal à la fin de l'hiver dernier et poli par les intempéries. On en trouvait beaucoup dans les montagnes au-dessus du ranch, à condition de s'écarter des sentiers. Ils étaient rarement intacts alors que celui-ci était en parfait état. Philippe descendit de cheval pour le ramasser.

– Oh, dis donc, en plus, c'est un sept pointes ! répondit Alice sur un ton de connaisseur. Eh, tiens, regarde ! On a de la chance aujourd'hui : l'autre est juste un peu plus bas, on a la paire !

Philippe ramassa le second bois, qui comportait une pointe de moins, et les brandit tous les deux un instant sur le haut de son crâne pour faire rire sa fille. Alice les attacha sur sa selle avec des lanières de cuir en prenant soin d'orienter les pointes acérées vers l'extérieur. Puis ils sortirent du bois et continuèrent leur route, scrutant le paysage alentour à la recherche du troupeau.

Alors qu'ils atteignaient le sommet d'une butte,

Ebony se mit à hennir. D'autres hennissements lui répondirent en écho. Avant tout le monde, elle avait senti la présence des chevaux sur l'autre versant. Ils étaient une trentaine, les oreilles pointées vers les cavaliers, disséminés au creux d'un vallon inondé de soleil et entièrement tapissé de fleurs d'un éclatant rouge orangé.

– Regarde, papa ! C'est ma fleur préférée, le pinceau indien !

– Sais-tu que c'est l'emblème du Wyoming ?

– Enfin, papa, bien sûr que je le sais ! Je connais le Wyoming mieux que toi, maintenant ! En tout, depuis quatre ans, j'y ai sûrement passé plus de temps.

Tout en parlant, Alice avait dénoué la longe de son licol. Elle la fit tournoyer en l'air en criant « tililililili ! » et se faufila derrière les chevaux qui se trouvaient le plus haut afin de les faire descendre. Un à un, ils se dirigèrent vers le sentier en direction du ranch. Puis ils prirent le galop, suivis par Alice et Philippe qui plissaient les yeux pour se protéger des nuages de poussière soulevée par les sabots.

Un peu plus bas, Nobie et Jim apparurent sur un autre versant, en provenance du Canyon du Grizzly. Ils galopaient derrière un autre groupe de chevaux, qui vint grossir celui qu'avaient descendu Alice et Philippe. Les quatre cavaliers se rejoignirent à mi-chemin pour faire le point :

– J'en ai compté trente-quatre, dit Alice. Et vous ?

– Vingt-cinq, répondit Jim. Ça fait cinquante-neuf, c'est bon, on a le compte. On peut rentrer.

Après le petit déjeuner, tandis que Mike s'installait en ronchonnant dans la cuisine pour faire ses devoirs, Philippe se laissa tomber avec nonchalance dans un fauteuil du salon. Mais Alice le cajola, insistant pour repartir immédiatement à cheval :

– Je veux absolument t'emmener au Canyon Secret. Tu verras, c'est un lieu magique. Personne ne le connaissait, pas même Justin ! Je l'ai découvert par hasard cet été en me promenant avec Ebony, et c'est moi qui l'ai baptisé ainsi.

Cédant, comme toujours, à celle qu'il appelait pour rire « ma fille préférée », Philippe se leva et proposa à Nobie de les accompagner. Mais l'Indien déclina son offre, prétextant du travail à faire au ranch. En tête à tête, sur leurs montures bien reposées, le père et la fille repartirent vers la Rivière d'Argent.

Le Canyon Secret se trouvait environ à une heure de cheval du ranch, entre le Pic du Sphinx et les Rochers Enlacés. L'entrée était invisible à l'œil nu, cachée derrière un épais taillis de chardons bleus dont les tiges colossales dépassaient la tête des cavaliers. C'était une gorge profonde entre deux hautes parois rocheuses, tellement étroite que les chevaux devaient s'y glisser en file indienne. Alice fit enjamber à Ebony le tronc d'arbre qui barrait l'entrée et y pénétra la première, suivie de son père, très impressionné par la majesté du lieu. Leurs voix résonnaient avec un son caverneux tandis qu'ils remontaient le ruisseau asséché tapissant le fond de la gorge. Environ cent mètres plus loin, le défilé rocheux s'élargissait au milieu de buissons de framboises sauvages. Alice et Philippe s'en délectèrent au passage. Tout au bout, enfin, le canyon débouchait sur une clairière verdoyante. Les cavaliers mirent pied à terre pour laisser brouter leurs chevaux. Alice félicita sa jument en lui enlaçant tendrement l'encolure, qu'elle couvrit de baisers sonores. Avec une légère pointe de reproche dans la voix, son père la taquina :

– Elle en a de la chance, ton Ebony ! J'aimerais bien que tu sois aussi câline et démonstrative avec moi qu'avec les chevaux !

Alice souffla en levant les yeux au ciel et, changeant de sujet :

– La semaine dernière, avec Nobie, on a trouvé des crottes d'ours juste là.

– Comment sais-tu que c'étaient celles d'un ours ?

– Parce qu'il y avait dedans des petits morceaux de baies rouges, et que les ours raffolent des baies. Nobie m'a appris à reconnaître les différentes traces d'animaux.

– Eh bien, c'est rassurant de savoir ma fille au fond d'un canyon avec des traces d'ours ! dit Philippe, mi-sérieux, mi-amusé.

– Oh, tu sais, dans la vallée, il y a surtout des ours noirs. Ils sont peureux comme tout, et beaucoup moins dangereux que les grizzlys. J'en ai vu deux cet été, pendant mes balades, et ils se sont enfuis dès qu'ils m'ont v...

Alice s'interrompit et regarda attentivement les chevaux. Ils avaient cessé de brouter et fixaient un bosquet d'arbres situé à quelques mètres. Soudain ils entendirent des branches craquer. Deux oursons tout noirs grimpèrent à toute allure sur un sapin et se pelotonnèrent chacun sur une branche. Se cachant derrière le tronc, ils penchèrent comiquement la tête pour les observer de leurs petits yeux ronds, l'air plus curieux qu'effrayé.

– Mais qu'est-ce qu'ils font là tout seuls ? s'exclama Philippe en jetant un regard circulaire. Leur mère n'a pas l'air d'être là !

– Non, sinon elle serait à côté d'eux. Rentrons vite le dire à Justin !

– Oui, mais cette fois ne passons pas par le Canyon Secret. C'est trop étroit, si on rencontrait l'ourse elle serait paniquée, et nos chevaux aussi. Y a-t-il un autre moyen de rentrer ?

– Oui, suis-moi !

Ils se remirent en selle et rentrèrent à vive allure au ranch. Là se trouvait la clé de l'énigme : sous un appentis situé près de l'écurie, un cadavre d'ours noir, la tête en bas et les yeux vitreux, était pendu à un crochet comme une carcasse de bœuf dans l'arrière-boutique d'un boucher. Horrifiée, Alice vit du sang de l'animal sur le plancher de bois. En les entendant arriver, Mike se précipita vers eux :

– C'est Gary... Ce matin, papa lui a demandé d'aller réparer le tuyau d'irrigation pour les vaches qui pâturent sous les Rochers Enlacés. Il dit qu'il s'est trouvé nez à nez avec l'ourse sur le sentier et qu'elle a fait mine de le charger parce qu'elle avait deux oursons avec elle, alors il a sorti son pistolet et il a tiré. Il dit que c'était de la légitime défense… Pourtant, un ours noir qui charge, c'est rarissime ! Et puis cette ourse était de petite taille !

– Et ton père, qu'est-ce qu'il a dit ?

– Comme d'habitude, il a défendu Gary, répondit Mike avec colère en envoyant un caillou rouler du bout de sa chaussure. Mais j'ai bien vu qu'il était embêté. Bref, papa est parti en ville avec Gary au Département de la Chasse et de la Pêche pour déclarer ce qui s'était passé. J'aimerais bien que Gary ait une amende, tiens !

– Même si les ours sont une espèce protégée et que leur chasse est interdite, Gary n'aura pas d'amende puisqu'il va invoquer la légitime défense, intervint Philippe. Je comprends votre chagrin, les enfants, mais vous n'étiez pas avec Gary quand ça c'est passé, vous n'avez pas le droit de juger. Personne ne saura jamais s'il aurait pu éviter de tirer… Maintenant, le problème, ce sont les oursons. On les a vus avec Alice, ils sont blottis dans un arbre, au bout du Canyon Secret.

– Ils ne pourront jamais survivre sans leur mère ! se lamenta Mike.

– Nobie nous le dira, lui ! répondit Alice. Il connaît tous les secrets de la faune du Wyoming. Repartons voir les oursons avec lui, ils y seront peut-être encore !

Quand il sut que les oursons orphelins étaient au Canyon Secret, Nobie sella immédiatement Saguaro. Il ne dit rien de désagréable contre Gary mais Alice, qui le connaissait bien maintenant, lut sur son visage buriné qu'il doutait des arguments du cow-boy. Mike sella son palomino et tous les quatre repartirent vers la clairière du Canyon Secret.

Les oursons étaient toujours là, dans le même arbre, adorables petites boules de fourrure noire aux pattes déjà munies de griffes. Nobie parut rassuré en les voyant :

– Ils ne sont pas aussi petits que je le croyais ! Ils doivent avoir quinze ou seize mois. A cet âge-là, leur mère leur a déjà appris à chercher à manger. Avec un peu de chance, ils pourront survivre tout seuls.

– Si on les nourrissait pendant quelque temps ? suggéra Mike.

– Surtout pas ! Ce serait le meilleur moyen de les rendre dépendants de l'homme, et en grandissant ils deviendraient incapables de se nourrir par eux-mêmes. Ce sont des animaux sauvages, leur instinct de survie devrait les sauver. À partir de maintenant, il vaut mieux éviter de venir les voir, pour ne pas les perturber plus encore. Rentrons !

Alice jeta un dernier regard attendri aux oursons – elle ne connaîtrait jamais leur sort –, et tous rentrèrent au ranch où Ann les attendait pour déjeuner. En début d'après-midi, Gary et Justin revinrent de la ville en compagnie d'un employé fédéral. Ce dernier fit son rapport d'usage. « L'accident » ayant eu lieu en l'absence de tout témoin, la légitime défense fut acceptée. Gary fut même autorisé à conserver la dépouille de l'ourse pour la faire naturaliser.

– Ça me dégoûte, chuchota Mike à Alice en regardant Gary charger la dépouille dans son pick-up pour l'emmener immédiatement chez le taxidermiste.

– Moi aussi, j'en suis toute retournée. Heureusement qu'on part demain en *pack-trip,* ça nous changera les idées.

Le reste de l'après-midi fut consacré aux préparatifs pour le départ, fixé le lendemain matin à huit heures. Ann avait déjà rempli de victuailles les quatre containers en métal que porteraient les chevaux de bât, tandis que Nobie vérifiait la trousse d'urgence et de maréchalerie. En fin de journée, de gros nuages noirs s'accumulèrent au-dessus des montagnes et un violent orage éclata pendant le repas. Penché sur une carte topographique de la région, Philippe écoutait les explications de Nobie sur le trajet qu'ils feraient à cheval pendant le *pack-trip* lorsque le téléphone sonna dans la cuisine. Ann répondit et poussa la porte en disant : « Philippe, c'est pour toi. »

– Pour moi ?

L'air surpris, Philippe se dirigea vers la cuisine. Il s'absenta dix bonnes minutes, puis revint à table. Alice vit tout de suite que quelque chose n'allait pas. La mine sombre, il lui annonça :

– Alice, je suis désolé, vraiment désolé. Tu vas être très déçue, mais je ne vais pas pouvoir faire ce *pack-*

trip avec toi.

– Quoi ?!

Alice avait crié si fort que tout le monde sursauta.

– Qui t'a appelé ?

– Bruce Rowland, mon assistant. Il y a une fuite sur le container d'une de mes plates-formes pétrolières, en pleine mer, face à l'archipel de Saint-Pierre-et-Miquelon. Il faut absolument que j'y aille. Je prendrai le premier avion demain matin mais j'essaierai de revenir avant ton départ pour la France.

– Tu ne peux pas me faire ça, papa ! hurla Alice. Ce *pack-trip* avec toi, ça fait des années que j'en rêve !

– Alice, je t'en prie, essaye de comprendre ! Je suis responsable de toutes les personnes qui travaillent sur cette plate-forme, et de tout le travail qui a été effectué dessus depuis des mois. C'est une urgence, je suis obligé d'y aller.

– Tu ne tiens jamais tes promesses ! Tu t'en fiches complètement, de moi !

Alice était livide de rage. Tout le monde la regardait avec stupéfaction, mais elle s'en moquait. Philippe était partagé entre la gêne de voir sa fille lui imposer une telle scène en public et la douleur de lui causer tant de peine. Devant une détresse aussi sincère, il voulut la prendre contre lui pour la calmer, mais la jeune fille se dégagea violemment.

– Alice…! murmura-t-il avec douceur. Tu sais bien que ce ranch que tu aimes tant, je ne l'aurais jamais acheté si tu n'étais pas là, si tu n'étais pas si importante dans ma vie. C'est pour toi que je l'ai acheté, pour toi uniquement !

– Pour moi ? Tu crois toujours qu'on peut tout acheter avec l'argent ! L'absence, le silence, les sentiments, tout ! Garde-les, tes sales dollars ! Je te déteste !

Alice renversa sa chaise et, sous les regards consternés de tous, sortit en claquant la porte derrière elle. Alors seulement, elle éclata en sanglots et courut vers l'écurie sous la pluie battante, dans la nuit noire.

À cause du *pack-trip*, il ne devait pas y avoir de *wrangling* le lendemain matin. Tous les chevaux du ranch étaient là, serrés les uns contre les autres, la tête basse, dos au vent pour se protéger de la pluie, formant une seule masse compacte. Alice eut du mal à distinguer Ebony dans l'obscurité, mais la jument s'avança d'elle-même de quelques pas hors du troupeau. Pénétrant dans le paddock, la jeune fille lui agrippa l'encolure comme un naufragé une planche de bois, et enfouit son visage dans l'épaisse crinière. Soudain, elle entendit un hennissement grave. Tournant la tête, elle vit Saguaro approcher de la barrière séparant son pré du paddock. Durant quelques secondes, Alice fixa la cicatrice sombre qui zébrait le chanfrein du mustang puis, saisie d'une inexplicable pulsion, elle se précipita dans la sellerie, attrapa la bride sans mors accrochée au pommeau de la selle de Nobie, l'enfila rapidement sur la tête de Saguaro, le sortit du pré, grimpa sur la barrière et sauta à cru sur le dos du mustang. S'accrochant à la crinière, elle s'élança à bride abattue sous les éclairs, les yeux brouillés de larmes, droit vers la falaise de la Montagne des Wapitis.

10

Le sentier devenant de plus en plus raide, Alice fut contrainte de mettre Saguaro au pas. Alors seulement, elle prit conscience que son cœur blessé l'avait dirigée vers le mustang plutôt que vers Ebony. C'était quelque chose d'impérieux, une sensation à la fois douce et violente – comme si, en cet instant, le tempérament rebelle du « cheval fou » correspondait mieux à son propre état d'esprit.

Loin de se calmer, l'orage semblait gagner en puissance. Alice n'avait pris ni son chapeau à larges bords, ni ses chaps, ni son imperméable resté accroché à sa selle. Vêtue seulement d'un jean et d'une chemise, elle était déjà trempée et commençait à avoir froid. Des rafales de pluie lui cinglaient le visage, le vent ébouriffait ses cheveux, les crins de Saguaro volaient dans la nuit noire, les larmes voilaient sa vue. Couchée sur l'encolure de l'étalon, agrippée à sa crinière pour ne pas glisser en arrière, elle ne distinguait quasiment rien. Mais elle connaissait le sentier par cœur et, après une demi-heure de montée environ, elle sut qu'ils approchaient de l'arbre pétrifié. C'était, juste avant la crête, son repère pour trouver la porte permettant d'atteindre les hauts plateaux de la montagne des

Wapitis. Alice savait que, de l'autre côté de la clôture, il lui suffirait de descendre une centaine de mètres dans le vallon pour trouver une ancienne cabane de trappeur en rondins où elle pourrait s'abriter jusqu'à ce que l'orage cesse.

Subitement, un gigantesque coup de tonnerre éclata. Un éclair blanc illumina tout le ciel des Rocheuses. Saguaro fit un bond de côté qui faillit projeter Alice à terre. Durant une fraction de seconde, toute la montagne parut éclairée comme en plein jour, d'une lumière étrange et crépusculaire. L'arbre pétrifié lui apparut alors, plus fantomatique que jamais. Du grand pin foudroyé quelques années auparavant, il ne restait que le tronc calciné, tordu et dressé vers le ciel comme un ultime témoin figé dans l'éternité. Soulagée, Alice dirigea Saguaro vers la clôture et se laissa glisser à terre. Tenant le mustang par la bride, elle essaya d'ouvrir la porte, mais la boucle de fil barbelé était tellement tendue qu'elle n'y parvint pas. S'arc-boutant de toutes ses forces sur le poteau de bois, elle tenta de la dégager avec son épaule pour avoir plus de poids, tira, poussa… rien n'y fit. Pleurant de frustration et de colère, elle remonta alors sur le dos de Saguaro et longea la clôture, bien décidée à trouver un autre passage un peu plus loin, vers la falaise. Elle s'était blessé le pouce gauche sur le barbelé et le suça longuement, apaisée par cette douce sensation de chaleur.

Il n'y avait plus de sentier maintenant. Saguaro glissait sur le sol raviné par la pluie, ses sabots s'enfonçant profondément à chaque foulée. Alice atteignit la falaise par en-dessous, à l'endroit même où le troupeau de wapitis autrefois s'était jeté dans le vide. L'endroit était tellement escarpé qu'il n'y avait plus de clôture. Elle voulut pourtant rejoindre la crête qu'elle pensait franchir aisément, sans même descendre de cheval. Mais des éclairs de plus en plus rapprochés déchiraient la sombre coupole du ciel. Pour la première fois, Saguaro refusa d'obéir. Quand Alice tentait de monter vers la gauche, il se cabrait à demi, cherchant à tout prix à redescendre. À travers son jean transpercé de pluie, la jeune fille sentait les muscles de l'étalon qui saillaient et se tendaient avec force. En désespoir de cause, elle remit pied à terre et commença à gravir la pente en tirant le mustang derrière elle. Mais il se campa dans le sol. Tous ses efforts furent vains.

Un autre coup de tonnerre, plus fort encore que les précédents, résonna dans le ciel. Un craquement foudroyant retentit juste au-dessus d'eux, sur la crête. Le mustang se cabra de toute sa hauteur. L'espace d'un instant, Alice retrouva dans ses yeux l'expression hallucinée qu'il avait eue lors de sa capture dans le désert du Serpent Rouge. Elle comprit que c'était la foudre qui venait de tomber à quelques mètres d'elle. Les récits de Justin à propos d'hommes ou de bêtes tués chaque année par la foudre lui revinrent alors en mémoire. Son cœur se mit à battre follement. Elle dit à haute voix, comme pour conjurer sa peur : « Mon Dieu, qu'est-ce que j'ai fait... ? Qu'est-ce qui m'a pris ? Comment vais-je m'en sortir, maintenant ? » Puis elle respira un bon coup et reprit, toujours à haute voix : « Bon, je dois retrouver mon sang-froid. Si je continue, je vais mettre ma vie et celle de Saguaro en danger, alors que j'avais promis à Nobie de ne jamais le faire. Il vaut mieux que je trouve un abri et que j'attende la fin de l'orage pour repartir. »

Un peu plus bas, à flanc de précipice, de gros rochers formaient une sorte de grotte naturelle. Cette fois, Saguaro accepta tout de suite de suivre Alice. Pourtant, à la faveur d'un nouvel éclair, elle put constater qu'une chute à cet endroit serait fatale. Marchant avec mille précautions, elle se baissa pour pénétrer sous la voûte de pierre et s'assit par terre, grelottante et transie de froid. De ses mains glacées, elle serrait fort la bride de Saguaro qui se tenait maintenant immobile à l'entrée de la grotte, imperturbable sous la pluie torrentielle, telle une sentinelle altière et vigilante.

Alice resta bien une heure ainsi, recroquevillée sur le sol humide, les bras et les jambes repliés pour essayer de se réchauffer. Le grondement du tonnerre avait fini par s'éloigner, les éclairs avaient cessé, mais il pleuvait toujours avec violence. La jeune fille hésitait à repartir. Tout à coup, Saguaro sursauta, les oreilles pointées en direction de la crête. Il poussa un hennissement auquel répondirent d'autres hennissements. Alice entendit des aboiements étouffés, des voix qui criaient son nom. Elle se leva avec difficulté, tant ses membres étaient engourdis.

– Je suis là ! cria-t-elle d'une voix affaiblie.

Quelques minutes plus tard, quatre cavaliers apparurent. L'un d'eux sauta à terre, se précipitant vers elle. C'était son père, les traits tirés et le visage ruisselant. Alice n'aurait su dire si des larmes se mêlaient à la pluie, mais il la prit dans ses bras et la serra à l'étouffer tandis que la jeune fille, trop épuisée pour prononcer un mot, se laissait étreindre comme une poupée de chiffon.

– Alice ! Alice ! Tiens bon, nous sommes là !

Mike surgit, suivi du fidèle Tucker, son gentil petit visage rayonnant de soulagement. Justin aussi était là, muni d'une grosse lampe torche dont le large faisceau balayait tout un pan de la montagne, ainsi que Nobie avec Ebony en longe, sellée et bridée.

– Comment m'avez-vous retrouvée ? murmura enfin Alice tout en se hissant avec lenteur sur le dos de sa jument.

– Nous avons suivi les traces de Saguaro, répondit Nobie. Ce n'était pas difficile, tellement les empreintes de ses sabots étaient enfoncées dans le sol.

– Mais on a perdu des minutes précieuses au départ, le temps qu'on réalise que tu étais partie, ajouta Mike. On croyait tous que tu étais enfermée dans ta chambre ! C'est Nobie qui a eu l'idée d'aller vérifier parmi les chevaux et…

– Rentrons vite, l'interrompit Justin. Ann est folle d'inquiétude, j'ai hâte de la rassurer.

– Tiens, Alice, mets ça avant de partir, intervint Philippe.

Il tendit à sa fille une veste australienne en coton huilé, tandis que Nobie ôtait la bride de Saguaro et lui mettait un licol pour le ramener plus facilement.

Une heure plus tard, ils étaient de retour au Ranch de la Vallée Cachée. À bout de forces, Alice s'endormit dans le fauteuil du salon, devant la cheminée. Ann venait juste de l'aider à se déshabiller, se sécher et enfiler l'un de ses vieux survêtements. Philippe la porta lui-même dans un des deux lits jumeaux de la chambre de Mike, et la glissa tendrement sous la couverture.

Le lendemain matin, Alice se réveilla sans comprendre où elle se trouvait. Les événements de la veille lui revinrent à l'esprit et elle se hissa sur son séant en frottant ses yeux ensommeillés. Mike apparut dans l'encadrement de la porte. Il lui lança joyeusement :

– Ça va mieux, Alice ? Tu as fait le tour du cadran, tu sais !

– Quelle heure est-il ?

– Presque midi !

– Mais qu'est-ce que je fais là ?

– Tu t'es endormie dans le salon, hier soir. Ton père n'a pas voulu t'emmener en pleine nuit jusqu'à l'écurie, alors il t'a couchée ici.

Ann entra dans la chambre. Elle s'assit sur le lit à côté d'Alice et fit signe à Mike de sortir. Embrassant la jeune fille, elle lui tendit une enveloppe et lui dit :

– Ton père t'a laissé cette lettre. Il n'a pas voulu te réveiller ce matin, il est parti à sept heures. C'est Justin qui l'a emmené à l'aéroport.

Sans répondre, Alice prit l'enveloppe qu'elle glissa dans sa poche d'un air buté.

– Alice, je n'ai peut-être pas le droit de me mêler de ça, mais ne sois pas trop dure avec ton père, ajouta doucement Ann. Je sais combien tu es déçue pour le *pack-trip*, mais tu es injuste avec lui. Ce travail qui te prend ton père si souvent, c'est aussi grâce à lui que tu es là aujourd'hui, et que nous t'avons rencontrée ! Je sais aussi combien vous avez du mal à communiquer tous les deux, parfois. C'est normal, vous vous voyez si peu. Et pourtant, en même temps, vous êtes si proches l'un de l'autre ! Tu sais, Alice, je peux te confier une chose : jamais je n'ai vu ton père dans un tel état qu'hier soir, jamais. Même Gary en a été bouleversé, c'est tout dire...

Émue par les paroles réconfortantes de la jeune femme, Alice l'embrassa à son tour, sourit vaillamment et lui dit :

– Bon, je vais dans ma chambre prendre une bonne douche et m'habiller.

– Vas-y vite, d'autant que tu trouveras une surprise là-bas !

Juste devant l'écurie se trouvait garé le grand Trailor du Ranch de la Vallée Cachée. Sur chaque côté figurait le logo du ranch qu'Alice aimait tant, un cow-boy tenant son cheval par la bride et ramassant son courrier dans une boîte aux lettres plantée en pleine nature. Justin, Nobie, Jim et Gary étaient affairés autour du Trailor, en train d'embarquer les chevaux de bât. Déjà sellés, Saguaro, Ebony, Pahaska et Timber étaient attachés au rondin ; ils attendaient leur tour.

– Mais... Qu'est-ce qui se passe ? demanda Alice, interloquée.

– Il se passe que vous partez en *pack-trip* aujourd'hui, non ? répondit Justin.

– Mais... Le *pack-trip* n'est pas annulé ?

– Et pourquoi donc ? Ce n'est pas parce que Môôônsieur Philippe Desormeaux a une urgence sur sa plate-forme de Saint-Pierre-et-Miquelon que je vais priver tout le monde de ce plaisir, non ? plaisanta Justin en imitant l'accent français et en lissant sa somptueuse moustache entre le pouce et l'index.

Un large sourire éclairait son visage. Son ton malicieux lui donnait parfois l'air d'avoir le même âge que son fils.

Alice s'élança au cou de Justin. Elle était tellement heureuse qu'elle ne s'étonna même pas qu'il ne lui fasse aucune réflexion sur son coup de folie de la veille. Visiblement, Justin s'était effacé derrière Philippe qui avait choisi de ne faire aucun reproche à sa fille.

S'approchant alors de Nobie, Alice lui dit de son

regard clair plein de franchise :

– Je m'excuse d'avoir pris Saguaro, hier soir. Je ne sais pas comment t'expliquer, c'était… comme un appel.

– Ne t'en fais pas, ma petite Alice, répondit le vieil Indien en lui pressant gentiment l'épaule. L'essentiel, c'est que tu sois rentrée saine et sauve.

– Tu sais, c'est peut-être grâce à lui…, avoua Alice.

Et elle raconta à Nobie comment Saguaro avait obstinément refusé de monter sur la crête, là où la foudre avait frappé quelques minutes plus tard. L'air pensif, le vieil Indien considéra le mustang :

– Par instinct, tous les chevaux savent qu'il ne faut jamais rester sur une crête en cas d'orage. Saguaro plus encore, car c'est un cheval sauvage rompu aux dangers de la nature. Oui, Alice, il t'a peut-être sauvé la vie…

– Et nous, Nobie, est-ce que nous avons sauvé la sienne ? répondit Alice, troublée. Nous ne le savons toujours pas ! Aujourd'hui, cela fait pile un mois que Saguaro a été capturé !

– Ce matin justement, pendant que tu dormais, Joe a téléphoné afin de prendre rendez-vous pour l'inspection. Justin lui a expliqué que nous partions quatre jours en *pack-trip* et que je tenais absolument à monter Saguaro. L'inspection aura donc lieu à notre retour. Je ne me fais aucun souci, Alice. Fais-moi confiance, et surtout, fais confiance à Saguaro.

Les préparatifs s'éternisaient. Il manquait toujours quelque chose, l'heure tournait, chacun trépignait d'impatience. Enfin, à deux heures de l'après-midi, tout était prêt. Lorsque le Trailor, conduit par Justin, franchit le passage canadien dans un fracas métallique, Alice et Mike lancèrent un « hip, hip, hip, hourra ! » d'allégresse. Tucker, lui aussi du voyage, ponctua leurs cris d'aboiements. Le plus longtemps possible, Alice et Mike firent signe de la main à Ann qui les regardait partir. Un vol d'oies sauvages passa juste à ce moment au-dessus du ranch. Dans le ciel azuré, quelques nuages s'effilochaient en longues traînées cotonneuses. Après le terrible orage de la nuit précédente, le ciel était comme lavé et l'atmosphère semblait baignée d'une transparence presque palpable.

Justin prit la route du sud, celle-là même qu'ils avaient empruntée le jour où ils avaient assisté au rassemblement des mustangs. Mais cette fois, il laissa sur sa gauche la piste en terre allant vers le Canyon du Serpent Rouge et continua tout droit pendant encore cinquante kilomètres. Tout au bout de la route, soit un cul-de-sac dont les derniers kilomètres n'étaient plus bitumés, se trouvait le point de départ pour les *pack-trips*. Un grand panneau de l'Office National des Forêts indiquait en caractères géants : « Territoire sauvage de la Washakie. Vous êtes au pays des ours, soyez vigilant. » Suivaient diverses consignes de sécurité et de respect de la nature à l'intention des randonneurs, à pied ou à cheval. Aucun véhicule ou engin motorisé ne pouvait pénétrer dans la Washakie, territoire fédéral protégé, entièrement dédié à la faune et la flore du Wyoming.

Alice descendit Ebony du Trailor, puis installa sur sa selle et dans ses sacoches tout ce dont elle pourrait avoir besoin avant le bivouac du soir : un pull-over, un imperméable, des gants, ainsi qu'un pique-nique et une gourde. Pendant ce temps, Justin et Nobie installaient le volumineux chargement sur le dos de Casper et Cody, les deux chevaux de bât. Ils avaient pris soin, avant d'encorder chaque container métallique, de le peser au gramme près afin que le poids soit parfaitement réparti de chaque côté du bât. Casper était un cheval sans origines définies, doté d'une tête tellement busquée que Justin l'appelait en riant « le cheval le plus laid de l'Ouest », mais il y était très attaché ; c'était son meilleur cheval de bât. Il serait mené par Nobie, désireux d'avoir un cheval très calme derrière Saguaro. Jim se chargerait de Cody, un joli half-quarter moins expérimenté, histoire de perfectionner son apprentissage auprès de Casper pendant ces quatre jours.

– Pauvres chevaux de bât, ils doivent être jaloux de leurs copains qui vont porter seulement des cavaliers, fit remarquer Alice.

– Détrompe-toi, Alice, tout dépend du cavalier ! répliqua Justin. C'est parfois plus reposant de porter un poids mort ! Et puis tu sais, tous les chevaux de bât du Ranch de la Vallée Cachée sont dressés à la monte, et vice-versa. Je tiens à ce que nos chevaux soient capables de remplir chaque rôle si besoin. Ce n'est pas du cinéma, ici, nous perpétuons une longue tradition d'équitation de travail...

Alice fit un clin d'œil à Mike. Elle ne se lassait pas du tempérament patriote de Justin envers l'Ouest américain. Cela faisait partie de son charme.

– Bon, tout est prêt, partez vite maintenant afin d'arriver au camp avant la nuit.

Justin étreignit affectueusement Alice et Mike, donna l'accolade à Nobie et Jim puis remonta dans son pick-up.

11

Dès le départ, les cavaliers franchirent la rivière. Elle était beaucoup plus large et tumultueuse que toutes celles qu'Alice avait jamais traversées. Nobie lui enseigna qu'il fallait se mettre de trois quarts face au courant ; il était trop difficile de résister à la poussée de côté. Ebony pénétra dans l'eau sans hésitation pour s'y enfoncer jusqu'au ventre. La jeune fille releva les jambes pour ne pas se mouiller, mais au beau milieu du courant, elle ressentit une impression de vertige et dut s'accrocher au pommeau.

– J'ai le tournis, la tête me tourne ! dit-elle à Nobie qui traversait non loin d'elle.

– Ne regarde pas l'eau, regarde loin de l'autre côté, sur la rive ! lui répondit-il en riant, car Saguaro, déchaîné de plaisir, frappait l'eau de son antérieur.

Après la rivière, ils s'engagèrent sur un étroit sentier en lacets à travers une forêt de conifères. La pente était si raide et les virages si serrés que chaque cavalier chevauchait littéralement l'un en dessous de l'autre. Jim envoya une pomme de pin sur la tête de Nobie, qui à son tour en envoya une sur celle de Mike. Au fil des jours, Alice apprendrait que les batailles de pommes de pin étaient un rituel lors des *pack-trips* !

Ils gravirent ainsi le sentier pendant une bonne heure, devinant à travers la cascade de feuillage un panorama de montagnes plus hautes et plus grandioses encore qu'au Ranch de la Vallée Cachée.

– Quand nous aurons atteint le camp de Bliss Creek, ce soir, nous serons déjà à deux mille cinq cents mètres, expliqua Nobie à Alice. Et demain soir, nous dormirons au col de Lapalli, à trois mille huit cents mètres. À condition que nous sortions sains et saufs de la Passe du Chat…

– C'est quoi la Passe du Chat ? demanda la jeune fille.

– C'est un sentier très étroit à flanc de précipice, d'où son nom. Une fois qu'on s'y est engagé, on ne peut ni reculer, ni faire demi-tour. Et en cas de chute, c'est la mort assurée.

– Et tu dis ça comme ça !?

– Les chevaux n'ont pas le vertige comme les humains ! Et puis de toute façon, c'est le seul passage possible pour atteindre le col.

– Alice, toi qui voulais de l'aventure et des frissons, tu vas être servie ! la taquina Mike.

Lui, il connaissait déjà la Passe du Chat. Au printemps dernier, il avait effectué son premier *pack-trip* avec Ann et Justin. Aujourd'hui, il était fier d'initier son amie française à la grande randonnée sauvage dans les montagnes Rocheuses.

Petit à petit, la forêt s'éclaircit, les arbres se firent de plus en plus rares. Les cavaliers atteignirent un vaste cirque naturel, enveloppé de pics enneigés. Il était temps de mettre pied à terre pour offrir une pause aux montures. Nobie scruta un instant les névés qui étincelaient sous le soleil déclinant et déclara :

– Regardez, ils sont juste là !

Une dizaine de mouflons de montagne, dont trois mâles pourvus de majestueuses cornes enroulées, s'immobilisèrent un instant. Puis ils grimpèrent à toute allure une pente presque verticale, avec une époustouflante agilité. Après dix minutes de repos, les cavaliers s'engagèrent à leur suite. Très dure à cette altitude, la neige crissait sous les sabots d'Ebony. Le nez au sol, elle semblait s'amuser à suivre les mouflons à la trace.

De l'autre côté du col, le sentier redescendait vers une rivière plus petite que la précédente.

– Nous ne sommes plus très loin du camp, maintenant, dit Nobie. C'est dans cette même rivière que nous irons chercher de l'eau ce soir.

Alice voulut suivre son conseil et ne pas regarder l'eau en traversant, mais son regard fut attiré par des taches sombres ondulant sur les pierres blanches.

– Regardez ces énormes poissons ! Jim, toi qui aimes pêcher, tu pourras nous faire un bon repas ce soir !

– Eh bien, ils ont une drôle de tête, tes poissons ! s'esclaffa Mike en désignant une petite tête noire, puis deux, puis trois, qui émergeaient de l'eau et replongeaient aussitôt pour ressortir un peu plus loin. Ce sont des loutres, Alice !

Le sentier longeait le torrent. Les mammifères aux longues moustaches les suivirent un moment, comme les dauphins accompagnent les bateaux en mer. Enfin, les cavaliers arrivèrent au camp en lisière de forêt, devant une immense prairie tapissée de fleurs bleues.

– C'est le paradis sur terre, ici ! murmura Alice en jetant un regard émerveillé autour d'elle.

– Oui, mais nous sommes partis un peu tard, heureusement que le camp est déjà monté, répondit Nobie tout en attachant Casper et Saguaro chacun à un arbre.

Devant eux se dressaient deux grandes tentes en toile blanche, ainsi que plusieurs enclos en bois destinés à loger les chevaux durant la nuit. Entre les tentes, plusieurs troncs d'arbre posés à terre encadraient un cercle de pierre pour le feu.

– À qui appartient ce camp ? demanda Alice.

– La concession appartient au Ranch de la Vallée Cachée, répondit Nobie. À l'origine, c'était un camp de chasse, mais Justin s'en sert toujours pour les *pack-trips*. Parfois, il le loue à des chasseurs. Bon, dépêchons-nous de tout préparer avant la nuit.

Alice et Mike furent chargés d'aller chercher de l'eau et du bois, tandis que Nobie et Jim déchargeaient les chevaux de bât. En pénétrant dans la première tente pour y mettre son sac de couchage, Alice aperçut l'empreinte d'une grosse patte d'animal nettement dessinée sur la toile écrue d'un des lits de camp.

– Regarde, Mike, qu'est-ce que c'est que ça ?

– Ça ? Je parie que c'est une trace d'ours, elle est énorme ! Demandons à Nobie !

Sans hésiter, le vieil Indien confirma la supposition de Mike :

– Regardez, on voit parfaitement les différentes parties : là c'est la plante, avec le coussin de talon, là ce sont les cinq orteils. Les petits ronds juste au-dessus, ce sont les griffes.

Son regard se voila, comme perdu dans un lointain souvenir, et il ajouta :

– C'est un grizzly, assez gros. Il est rentré dans cette tente il n'y a pas plus d'une semaine. Il peut être très loin maintenant, mais il faudra quand même faire attention et mettre toute la nourriture en hauteur. Surtout, ne gardez aucun aliment avec vous cette nuit car les ours ont un odorat extrêmement développé.

Après avoir sorti ce dont il aurait besoin pour préparer le repas, Nobie enferma soigneusement le reste de la nourriture dans les containers métalliques. Avec l'aide de Jim et d'une grosse corde, il les hissa tout en haut d'un arbre sous le regard médusé d'Alice.

– Heureusement que Nobie a pris sa carabine, glissa-t-elle à Mike en observant le vieil Indien s'activer. On ne sait jamais, ça pourrait servir !

– Ne t'inquiète pas, il y a aussi Tucker ! Il nous préviendrait en cas de danger. C'est aussi pour les ours et les pumas qu'on prend toujours un chien en *pack-trip* !

Le froid tombait en même temps que la nuit. Alice enfila un pull avant de s'asseoir sur le tronc d'arbre, face au feu. Nobie faisait chauffer de l'eau pour les haricots et griller des travers de porc. Dès qu'il y eut de la cendre, il y enfouit des pommes de terre entourées de feuilles d'aluminium. Le feu brillait dans la nuit, des étincelles dansaient dans la fumée, le ciel noir était constellé d'étoiles plus proches que jamais. Chacun se taisait. Le profond silence nocturne était seulement troublé par le crépitement du bois et le souffle des chevaux. Alice se sentait merveilleusement bien. « Quand je pense à l'endroit où j'étais hier soir... », se dit-elle en serrant entre ses deux mains sa petite tasse d'émail bleu remplie de thé bouillant.

Après le repas, Mike versa les restes dans une assiette à l'intention de Tucker. Babines luisantes, langue pendante, le chien attendit le signal de son petit maître pour se jeter dessus. Puis ils allèrent tous se coucher dans la même tente, munis chacun d'une lampe de poche. Dans la pénombre, au moment où Nobie se déshabillait pour se glisser dans son sac de couchage, Alice distingua sur sa cuisse de longues cicatrices parallèles. Elle n'osa rien lui demander et s'endormit d'un sommeil lourd, entrecoupé de brusques réveils à chaque craquement de branche.

Le lendemain matin, quand Alice et Mike sortirent de la tente, Nobie était déjà en train de préparer sur le feu un copieux petit déjeuner avec des œufs, du bacon et des *pancakes* arrosées de sirop d'érable.

– Prenez des forces, aujourd'hui ce sera une longue journée ! leur lança-t-il gaiement.

– Nobie, est-ce que je peux te poser une question ? demanda Alice d'une voix hésitante.

– Bien sûr !

– Qu'est-ce que c'est que cette cicatrice sur ta cuisse ? Je l'ai vue hier quand tu t'es couché et... ça me travaille.

– Ah, ça, c'est une vieille histoire...

Avec simplicité, le vieil Indien leur fit à tous le récit de son aventure : dix ans auparavant, dans ce même territoire de la Washakie, il chevauchait tout seul sur un étroit sentier lorsque, au détour d'un virage, il s'était trouvé nez à nez avec une femelle grizzly. Ils avaient été autant surpris l'un que l'autre ! L'ourse, se sentant piégée, s'était dressée de toute sa hauteur. Avant qu'il ait pu faire un seul geste en direction de sa carabine, elle l'avait arraché de sa monture et jeté à terre d'un violent coup de griffes sur la cuisse. La jument qu'il montait s'était enfuie au galop, la carabine toujours accrochée à la selle. Il avait cru sa dernière heure venue.

– Alors je me suis recroquevillé en fœtus, les bras autour de ma tête pour me protéger au maximum, et j'ai prié, dit-il. L'ourse s'est approchée de moi, m'a poussé un peu avec ses énormes pattes en grognant, puis elle s'est éloignée lentement et elle est partie. Voilà.

– C'est donc ça qu'il y a sur tes chaps, ces marques blanches qui ressemblent à des griffes ? demanda Mike qui était resté bouche bée, mais n'en avait pas moins gardé son sens de l'observation.

– Exactement. Ça donne une idée de la puissance des griffes, qui ont traversé d'abord le cuir épais de mes chaps, puis mon jean, puis ma peau...

– Mais pourquoi tu ne nous as pas raconté cette histoire avant, Nobie ? insista Mike.

– Parce que vous ne m'avez jamais posé la question jusqu'à ce jour ! répondit le vieil Indien en souriant.

Alice observa à la dérobée son beau visage noble et creusé de rides, qu'éclairait la douce lueur des flammes. Elle se souvint alors de cette croyance indienne, racontée par Justin, selon laquelle la beauté des paysages que l'on a traversés taille le visage et se lit dans vos yeux.

Comme l'avait prévu Nobie, la journée fut longue. Ils franchirent des cols et des rivières, descendirent au plus profond des gorges et des canyons, franchirent encore d'autres cols et d'autres rivières. Alice avait les genoux en compote, mais les yeux éblouis. La Washakie était un véritable sanctuaire de la vie sauvage : en l'espace de quelques heures, ils virent des hardes de cerfs et de mouflons, trois élans et même un ours noir qui descendait un névé en roulant dans la neige, tel un enfant se grisant de galipettes. Nobie chantonnait à voix basse d'étranges mélopées indiennes au rythme incantatoire. De temps à autre, il désignait un tronc d'arbre marqué de profonds sillons : un ours était justement passé par là, marquant son territoire de ses griffes. Au cœur de ces vallées profondes éloignées de toute civilisation, le vieil Indien semblait parfaitement dans son élément. Alice était stupéfiée par la façon dont il savait analyser et différencier toutes les traces d'animaux, allant jusqu'à deviner au moindre indice de passage ce que l'animal avait fait, à quelle allure il se déplaçait, ses intentions et même son humeur.

À midi, les cavaliers s'arrêtèrent pour pique-niquer près d'une vieille cabane en rondins qui, autrefois, avait été le refuge de pionniers et de trappeurs. Durant un bon moment, ils admirèrent un couple d'aigles à tête blanche planant au-dessus de la clairière où la cabane était nichée. Puis ils s'offrirent une petite sieste sur l'herbe, écrasés de chaleur, leur chapeau posé sur le visage pour se protéger du soleil.

Lorsqu'ils reprirent la route, une grosse masse immobile apparut non loin du sentier. Tous les chevaux se mirent à souffler, les oreilles pointées. Nobie, en avant-poste, rassura les autres cavaliers :

– Ce n'est qu'un cadavre de cheval. Mais l'odeur est encore forte, c'est ce qui a effrayé nos chevaux.

En s'approchant, Alice découvrit le squelette reconnaissable d'un cheval de grande taille en état de décomposition avancée. Des morceaux de chair adhéraient encore aux os déjà blanchis par le soleil. Le cœur de la jeune fille se souleva en respirant l'odeur âcre des entrailles. C'était la première fois de sa vie qu'elle voyait un cheval mort. Sans oser le montrer, elle en fut toute bouleversée.

– Pourquoi son propriétaire l'a-t-il laissé pourrir sur place ? C'est dégoûtant ! lança Mike.

– Mais on est en pleine montagne ici, Mike ! rétorqua Nobie. Que voulais-tu qu'il en fasse ? Et puis tu sais, la mort fait partie de la vie, elle obéit aussi aux lois de la nature. Le corps de ce cheval va se transformer en herbe, que mangeront à leur tour les cerfs et les mouflons… Dans le grand cycle de la vie, tous les maillons de la chaîne sont utiles, tu comprends ?

En fin d'après-midi, le vent se leva brusquement et le ciel commença à se couvrir.

– Nous allons prendre un raccourci pour rejoindre le Plateau du Bison avant que le temps se gâte, décréta Nobie. Le sentier est là, mais il est tellement raide que je vous conseille de mettre pied à terre et de grimper en vous tenant à la queue de votre cheval. C'est une méthode que j'ai souvent utilisée, ça marche très bien !

Joignant le geste à la parole, Nobie descendit de cheval, se glissa derrière Saguaro en lui caressant la croupe, et lui attrapa la queue tout en le stimulant de la voix. Quoiqu'un peu surpris, l'étalon monta à l'assaut de la pente. Alice vit Nobie propulsé derrière, ses jambes courtes et trapues courant presque derrière le mustang. Imitant le vieil Indien, la jeune fille saisit la queue d'Ebony tandis que Mike et Jim faisaient de même avec leur monture. Cody et Casper suivirent en liberté, la longe nouée autour de l'encolure. En moins de dix minutes, tout le monde était en haut.

– Pratique, ce tire-fesses ! dit Alice en riant, tout essoufflée.

Le sentier débouchait sur un plateau bordé de monumentales dentelles rocheuses. L'herbe rase s'étendait à perte de vue. La pluie se mit à tomber, fine et persistante. En l'espace de quelques secondes, une furieuse tempête de vent envahit le plateau. Excités par les rafales et les imperméables jaune vif de leurs cavaliers qui claquaient au vent, Ebony et Timber prirent le galop. Jamais Alice n'avait senti un vent d'une telle violence. Elle en avait le souffle coupé et galopait les yeux presque fermés. Tenant son chapeau d'une main, elle avait l'impression de voler au-dessus d'une steppe mongole aux espaces infinis.

Jetant un regard par-dessus son épaule, elle vit que Nobie et Jim restaient au pas afin de ne pas secouer le chargement des chevaux de bât. Petit à petit, la pluie se transforma en violentes bourrasques de neige mouillée. Marchant en crabe pour essayer de lutter contre le vent qui soufflait maintenant de face, les chevaux mirent presque deux heures à traverser le plateau désertique. Lorsqu'ils atteignirent enfin le sentier menant vers la vallée à travers la forêt, chevaux et cavaliers étaient littéralement trempés. Voyant qu'Alice et Mike grelottaient, Nobie leur fit signe de s'arrêter.

– Faisons une pause dans ce bosquet bien abrité et un petit feu pour nous réchauffer, qu'en dites-vous ?

Tous deux hochèrent la tête, incapables de bouger les lèvres. Sous un grand sapin, avec quelques brindilles sèches, Nobie démarra le feu. Il fit aussitôt chauffer de l'eau dans une petite casserole qu'il avait pris soin de garder facile d'accès, avec quelques sachets de thé.

– Vous entendez ? Les oiseaux se remettent à chanter, la pluie va bientôt cesser.

L'Indien scrutait l'horizon.

Ils restèrent encore un moment près du feu, afin de sécher leurs habits, puis reprirent la route sous le soleil déjà de retour. Une demi-heure plus tard à peine, le ciel était à nouveau bleu.

– C'est incroyable comme le temps change vite en montagne ! s'étonna Alice.

– Ça tombe bien, nous arrivons à la Passe du Chat, répondit Mike.

Effectivement, ils atteignaient une pente vertigineuse et rocailleuse, sans un seul arbre, traversée en son milieu par un étroit sentier.

– Mike, tu vas passer le premier avec Timber, puis Alice, décida Nobie. Jim et moi passerons en dernier avec les chevaux de bât.

Tout fier d'être en tête, Mike s'engagea sur le sentier. Alice le suivit, admirant l'aisance avec laquelle Ebony posait précautionneusement ses petits sabots, l'un après l'autre, par-dessus les pierres. La jeune fille n'avait pas tendance au vertige, mais elle ne put s'empêcher de frissonner en baissant les yeux tout en bas du précipice, où miroitait l'eau du torrent. Juste avant la fin de la Passe, le sol était éboulé. Il leur fallut franchir une passerelle de bois en plein virage. À cet instant seulement, Alice sentit son cœur chavirer. Elle dut fermer les yeux. « Je fais confiance à ma jument, je fais confiance à ma jument… », se répétait-elle en écoutant le bruit sourd des sabots sur le bois. Quand elle rouvrit les yeux, elle était de l'autre côté. Poussant un soupir de soulagement, elle félicita Ebony. Nobie arrivait derrière elle. Mais au moment de franchir la passerelle, Saguaro montra des signes d'inquiétude et esquissa un demi-tour. Tout en le rassurant de la voix, Nobie le stimula pour le remettre immédiatement en avant. Ce n'était pas le moment de faire des siennes ! Le mustang gratta le bois avec son antérieur puis, après une seconde d'hésitation, franchit courageusement la passerelle, suivi de l'imperturbable Casper. Enfin ce fut le tour de Jim. Ce dernier faisait marcher Pahaska très lentement afin de ne pas brusquer son cheval de bât dont c'était la première Passe du Chat.

– Regardez Cody, on dirait qu'il marche sur des œufs ! dit Mike en riant.

Après une dernière montée abrupte, ils atteignirent le col de Lapalli où Nobie avait prévu de passer la nuit. On se serait cru sur le toit du monde : ourlé d'un feston de crêtes rocheuses, le col offrait une vue spectaculaire sur les montagnes de

Yellowstone. On eût dit une gigantesque forteresse en ruine, aux créneaux brisés, se découpant sur l'horizon bleuté. Des dizaines de morceaux de bois pétrifié, qu'Alice prit d'abord pour des roches tant ils en avaient la lourdeur et l'aspect, jonchaient le sol. Nobie lui expliqua qu'ils étaient vieux de plusieurs millions d'années. Alice en ramassa quelques-uns pour les offrir à Emma et Clara.

Après avoir dessellé et déchargé les chevaux, chacun s'affaira à préparer le campement : monter les tentes – une pour Alice et Mike, l'autre pour Jim et Nobie –, sortir les sacs de couchage, préparer le feu… Il fallait faire vite, la nuit tombait déjà et, à cause de l'altitude très élevée, il faisait beaucoup plus froid ici qu'au camp de chasse.

– Qu'allons-nous faire des chevaux ? demanda Alice.

– Nous allons les libérer après leur avoir mis des entraves. Comme ça, ils pourront pâturer toute la nuit, répondit Nobie. Nous garderons uniquement Saguaro et Pahaska à l'attache, pour aller chercher les autres demain matin.

C'était une vieille tradition locale. On entravait ensemble deux antérieurs et, parfois, un postérieur. Ainsi le cheval pouvait marcher et brouter, sans aller trop loin pour autant. Tous les chevaux du Ranch de la Vallée Cachée étaient habitués aux entraves. Alice n'eut aucun mal à les enfiler autour des paturons d'Ebony.

Ce soir-là, autour du feu, Jim sortit son harmonica. Nobie l'accompagna de sa belle voix grave. Le clapotis du torrent renforçait la quiétude du lieu. Alice avait les yeux qui papillotaient, tant son corps était rompu de fatigue. Elle alla se coucher avant tout le monde et s'endormit comme une masse, blottie dans son duvet pour se préserver de la morsure du froid. À un moment, il lui sembla entendre un cheval hennir. Elle se réveilla à demi, mais elle crut à un rêve et se rendormit.

– Alice ! Alice, réveille-toi, vite !

La jeune fille sursauta. Elle se redressa, le cœur battant. Mike se penchait au-dessus d'elle, sa lampe de poche éclairant l'intérieur de la tente.

– Qu'est-ce qu'il y a ?

– Il s'est passé quelque chose. Tucker a aboyé, on a entendu des hennissements sur la crête, là où les chevaux étaient en pâture. Saguaro est devenu comme fou, il a cassé sa longe et s'est enfui. Nobie vient de seller Pahaska, il est parti à leur recherche.

– Quelle heure est-il ?

– Quatre heures du matin.

Alice s'habilla rapidement et sortit de la tente. Jim aussi était là, cherchant à percer l'obscurité avec sa lampe torche. Bientôt un bruit de galop se fit entendre. Nobie apparut, un voile d'inquiétude inhabituel dans le regard.

– J'ai trouvé des traces de puma mêlées à celles de nos chevaux, comme s'il y avait eu un piétinement. Et juste à côté, j'ai aussi trouvé ça.

Il tenait à bout de bras trois entraves, cassées net.

– Ça veut dire que l'un des chevaux a encore les

siennes, c'est ça ? demanda Mike.

– Je n'en sais rien, mais si les chevaux ont été attaqués par un puma, il faut espérer que tous aient pu casser leurs entraves.

Soudain, un hennissement retentit dans la nuit. Alice l'aurait reconnu entre mille. Saguaro surgit, le bout de sa longe cassée flottant au vent, comme le jour où il s'était enfui en bousculant Gary à la sortie du van. Son épaule gauche saignait, mais la blessure ne semblait pas très profonde. Derrière lui venaient Timber, Cody et Casper. Les trois n'avaient plus leurs entraves. Au creux de leurs paturons, la peau était à vif.

– Mon Dieu, il manque Ebony, murmura Alice d'une voix à peine audible.

– Regardez Saguaro, on dirait qu'il veut nous dire quelque chose, dit Nobie.

Le mustang avançait et reculait d'étrange façon, tout en émettant un petit grognement. En même temps, il tournait la tête en direction de la forêt.

– J'ai l'impression qu'il nous montre une direction, comme s'il voulait qu'on le suive, reprit Alice.

– Je le pense aussi, acquiesça Nobie. Alice, monte en croupe derrière moi sur Pahaska et suivons-le.

Sans hésiter, le mustang s'élança au galop vers le sentier escarpé menant vers la Passe du Chat. Nobie braqua le faisceau de sa lampe vers le sol et dit à Alice, qui le tenait par la taille :

– Saguaro a raison, un cheval est passé par là.

Mais pas au galop…

– Tu veux dire qu'Ebony a pu s'enfuir avec ses entraves ?

– C'est ce que je crains, Alice. Et dans ce cas, elle a pu tomber.

Toujours derrière l'étalon, ils arrivèrent non loin de la passerelle en bois qu'ils avaient franchie la veille au soir. Mais Saguaro prit le sentier opposé à la Passe du Chat, celui qui descendait vers le torrent, et s'arrêta net. Une dizaine de mètres plus bas, au fond du ravin, une forme noire et inerte gisait.

Toute la montagne résonna du hurlement d'Alice.

12

En une fraction de seconde, Nobie descendait de cheval et se précipita vers Ebony. La petite Morgan était couchée sur le flanc, les antérieurs toujours entravés, la moitié du corps dans l'eau heureusement peu profonde à cet endroit de la rivière. Tétanisée, Alice n'osait même pas s'approcher. Elle restait à côté de Saguaro, le dos appuyé contre un tronc d'arbre. Comme en rêve, elle entendit les premiers mots de Nobie qui, longtemps, résonneraient dans son crâne : « Elle est vivante, Alice ! Elle est seulement blessée. »

Alice sentit ses jambes se dérober sous elle et glissa lentement le long du tronc d'arbre. Nobie la rejoignit. En lui prenant le visage entre ses mains, il lui dit :

– Alice, ce n'est pas le moment de craquer. Tu vas remonter sur Pahaska et vite aller chercher Jim. Demande-lui de ramener la trousse d'urgence. L'aube va bientôt se lever, il fera jour quand vous serez de retour.

– Nobie, oh, Nobie, qu'est-ce qu'elle a ? demanda Alice en tremblant.

– Elle est blessée au garrot, le puma l'a probablement attaquée en lui sautant sur le dos. Mais ce qui m'inquiète le plus, c'est qu'elle a l'antérieur droit douloureux et très enflé. Je crains que ce soit une fracture.

– C'est pour ça qu'elle ne peut pas se lever ?

– Oui, mais peut-être aussi parce qu'elle a perdu beaucoup de sang, qu'elle est affaiblie. Dépêche-toi, Alice, pars vite. Je vais attacher Saguaro. Ah, j'oubliais, rapporte aussi une casserole et un réchaud.

La jeune fille se remit en selle avec courage et remonta au campement prévenir Mike et Jim, qui attendaient dans l'angoisse. Jim attrapa la trousse de secours et tous trois redescendirent auprès de Nobie. L'Indien commença par injecter un calmant à la jument. Puis il désinfecta la plaie avec soin et lui fit un solide pansement afin de bloquer l'écoulement du sang.

– Attendez-moi ici, je vais chercher des herbes sauvages aux propriétés thérapeutiques, ajouta-t-il. J'en ai repéré hier soir, près de la rivière.

Alice s'allongea par terre le long d'Ebony. Le visage enfoui dans sa crinière emmêlée, elle lui caressa doucement l'encolure. Mike se tenait à côté d'elle, ne sachant quoi dire, infiniment désolé. Enfin Nobie revint, ses sacoches remplies d'herbes et de racines diverses. Sans donner d'explications, il gratta certaines d'entre elles avec son couteau et appliqua la poudre ainsi obtenue sur la blessure qu'Ebony avait au niveau du garrot. Puis il mit de l'eau à chauffer et fit cuire les autres plantes, mélangées avec de la graisse et de la boue de la rivière. Il confectionna ainsi une sorte d'onguent pâteux qu'il appliqua sur le membre enflé d'Ebony, en massant longuement.

Moins d'une heure plus tard, la petite jument parvenait à se mettre debout.

– Ces plantes ont aussi une fonction anesthésiante, expliqua Nobie. Grâce à ce cataplasme, Ebony sentira moins la douleur et pourra marcher.

– Qui t'a appris cela ? demanda Mike.

– Tous les Indiens connaissent les secrets des plantes, Mike. Et puis mon grand-père était un chaman, spécialiste des chevaux. Dans sa réserve, les gens venaient de très loin pour bénéficier de son savoir qu'il m'a transmis en partie avant de mourir.

– Tu crois vraiment qu'Ebony va arriver à parcourir tout le chemin inverse ? demanda anxieusement Alice. Nous avons mis deux jours entiers pour venir ici !

– Nous n'allons pas rentrer par le même chemin. Nous allons descendre de l'autre côté de cette vallée. Dans quelques heures, nous atteindrons un ranch très isolé : le Ranch d'Absaroka. De là nous téléphonerons à Justin qui viendra nous chercher avec le Trailor.

Alice et Mike restèrent auprès d'Ebony, qui avait péniblement réussi à remonter jusqu'au sentier. Jim et Nobie, eux, démontaient le campement. Afin qu'Alice puisse monter Cody, les deux hommes avaient abandonné une partie du paquetage de nourriture – destinée aux prochains randonneurs, si elle n'était pas trouvée avant par un ours – et installé tout le reste sur le dos du puissant Casper. Puis ils reprirent la route, Alice tenant Ebony en longe. La petite jument boitait. Elle marchait très lentement, quasiment sur trois pattes, mais sans s'arrêter. « Tu es si courageuse, je suis fière de toi, ma beauté », lui chuchota Alice à l'oreille en serrant très fort les dents pour ne pas pleurer. À mi-chemin, Nobie lui proposa de monter Saguaro.

« Il a encore fait beaucoup de progrès durant ces deux jours, je suis vraiment content de lui », dit-il à la jeune fille tout en inversant leurs selles respectives.

Alice enfourcha le mustang, prit les rênes dans la main gauche et la longe d'Ebony dans la main droite. Émue et troublée, elle prit alors conscience qu'elle tenait ensemble, au bout de ses doigts, les deux chevaux qu'elle aimait le plus au monde.

Peu avant midi, ils atteignaient le Ranch d'Absaroka. Prévenu par téléphone, Justin était parti immédiatement et arrivé au ranch en deux heures de route. Après avoir remercié les propriétaires, qui avaient très gentiment accueilli les cavaliers et leur avait servi un bon repas, il aida Nobie et Jim à embarquer les chevaux dans le Trailor. Puis il se remit au volant sans plus attendre. Épuisée physiquement et nerveusement, Alice s'endormit sur la banquette arrière du pick-up, appuyée contre l'épaule de Mike qui n'osa pas bouger durant tout le voyage pour ne pas la réveiller.

À quatre heures de l'après-midi, ils étaient de retour au Ranch de la Vallée Cachée. Ann les attendait sur le porche en compagnie du docteur vétérinaire Chris Donovan, un ami de longue date des Anderson. Il avait apporté son matériel de radiographie portative et fit sur-le-champ une radio du membre blessé d'Ebony. Le cœur palpitant dans sa poitrine, Alice attendit le verdict du praticien qui balaya en une seconde ses faibles espoirs : Ebony avait un trait de fracture très visible au niveau du coude. Elle n'était pas opérable. À moins d'un miracle, elle boiterait toute sa vie et ne pourrait plus être montée. En revanche, grâce aux bons soins de Nobie, sa blessure n'était pas infectée, sa vie n'était pas en danger.

À Justin qui lui demandait si ce pronostic sévère était définitif, le vétérinaire avait répondu avec franchise : « Personne ne peut prédire l'avenir. On a déjà vu, c'est vrai, certaines fractures du coude se consolider avec le temps, et le cheval retrouver une locomotion à peu près normale. Mais ce sont des cas rarissimes… »

Les deux jours qui suivirent, Alice erra sans but à travers le ranch, le visage fermé et lointain. Ann avait appelé Philippe. Sans hésiter, il avait annoncé son retour au Ranch de la Vallée Cachée pour le surlendemain. Il resterait avec sa fille jusqu'à son départ pour la France, prévu dans une semaine.

La jeune fille passait la plus grande partie de ses journées auprès d'Ebony, que l'on avait mise dans un box paillé ouvrant sur un paddock. Ainsi elle ne serait pas bousculée par le reste du troupeau. Pour immobiliser son membre, le vétérinaire lui avait posé une attelle gonflable qu'elle devrait porter trois mois. Elle boitait fort mais ne souffrait pas, elle mangeait bien, son poil noir était toujours aussi brillant. Deux fois par jour, Nobie continuait à lui faire des cataplasmes de plantes sauvages et des massages qu'elle semblait beaucoup apprécier.

En fin d'après-midi, Nobie vint trouver Alice occupée à brosser les crins de sa jument.

– Joe Cranfield a téléphoné, il sera là dans une heure avec ses supérieurs hiérarchiques du Bureau d'Aménagement du Territoire, annonça-t-il.

– Mon Dieu, l'inspection… J'avais complètement oublié que c'était aujourd'hui, répondit Alice, troublée. Tiens, il ne manquerait plus que ça se passe mal !

– Ça se passera très bien. Ne te fais aucun souci, Saguaro ne les décevra pas !

Joe arriva en compagnie de deux autres membres du Bureau d'Aménagement du Territoire parmi lesquels Keith Haywood, son patron, qui avait assisté à la fuite de Saguaro dans le désert lors du premier rassemblement de l'année précédente. Lorsque Nobie sortit le mustang du pré, sellé et bridé, puis l'amena vers les trois hommes d'un pas tranquille, tous eurent du mal à croire qu'il s'agissait du même cheval.

– S'il n'avait pas sa cicatrice sur le chanfrein, et

cette robe pie si particulière, j'aurais du mal à le reconnaître..., murmura Keith Haywood.

– Il s'est musclé, il s'est éclaté du poitrail... Il est encore plus beau qu'avant ! ne put s'empêcher d'ajouter Joe avec un regard connaisseur.

Les hommes firent tout le tour du mustang, le caressèrent sur différentes parties du corps et lui firent effectuer quelques déplacements dans tous les sens avec la longe. Le mustang réagit très bien, au grand soulagement d'Alice qui se tenait à quelques mètres, appuyée contre la palissade avec Mike, Ann et Justin.

Keith demanda alors à Nobie de le monter. Le vieil Indien, s'amusant visiblement comme un gamin, offrit à son public une démonstration magistrale des talents de Saguaro : départ au galop, arrêt brusque, volte-face, petit trot, reculer... Il poussa même le zèle jusqu'à ouvrir, sans descendre de cheval, la porte menant au pré où se trouvaient les vaches que Justin et Gary avaient marquées la veille, puis à poursuivre et attraper l'une d'elles au lasso sous le regard incrédule des trois hommes.

– Vous voyez ? Saguaro n'est plus un cheval sauvage, c'est maintenant un excellent cheval de travail et un véritable partenaire ! dit-il en riant, tout en mettant pied à terre.

– Je reconnais que vous avez fait du bon travail, approuva Keith. Je n'aurais jamais cru cela possible, du temps où on l'appelait le « cheval fou » !

– Alice, veux-tu venir une minute ? demanda Nobie à la jeune fille.

Alice s'avança, un peu intimidée.

– Peux-tu monter Saguaro devant ces messieurs ?

Les joues toutes roses, Alice enfourcha le mustang et ajusta les étriers. D'abord au trot, puis au galop, elle lui fit effectuer le tour des bâtiments, contourna la mare où elle l'avait monté pour la première fois et revint vers les trois hommes. Enfin elle mit pied à terre et lui entoura tendrement l'encolure de ses bras. Alors le fougueux mustang posa sa tête sur son épaule et ne bougea plus, les yeux mi-clos.

– Un étalon sauvage, apprivoisé et monté par une gamine… On croit rêver ! s'exclama Keith. Eh bien, Joe, tu avais raison à propos de Nobie Wakantahoe !

Se tournant vers l'Indien, il ajouta :

– Qu'êtes-vous donc, Nobie ? Un magicien ?

– Il n'y a aucune magie là-dessous, Mr. Haywood. Seulement du bon sens, de l'observation et l'amour de tous les chevaux, quels qu'ils soient, sans préjugés.

Keith serra chaleureusement la main du vieil Indien, qui lança un clin d'œil complice à Alice. Puis tous se dirigèrent vers la maison pour fêter l'événement autour de quelques bières et sodas. Sur le porche, de minuscules oiseaux-mouches venaient picorer les graines qu'Ann disposait tous les jours sur un perchoir accroché à une poutre. Nobie se mit un moment à l'écart avec Keith et Joe pour remplir les papiers administratifs. Alice eut l'impression qu'ils parlaient d'elle. Elle trinqua joyeusement avec tout le monde. Chaque habitant du Ranch de la Vallée

Cachée se réjouit de voir à nouveau ses yeux briller. C'était la première fois depuis le retour du *pack-trip*, et c'était grâce à Saguaro.

– Ebony est boiteuse à vie, mais Saguaro est sauvé… chuchota-t-elle au vieil Indien avec un sourire touchant.

– Oui, Alice, la vie est ainsi faite. Elle nous donne d'un côté ce qu'elle nous prend de l'autre… L'essentiel est qu'Ebony soit vivante, qu'elle ne souffre pas et qu'elle puisse couler des jours heureux au Ranch de la Vallée Cachée.

– Sais-tu ce que cet horrible Gary a glissé l'autre jour à Jim, après le départ du vétérinaire ? « Il vaudrait mieux la faire piquer… » C'est Mike qui l'a entendu. Quel monstre ! Comme si elle n'était plus bonne à rien !

– Hélas, dans votre culture, c'est ce que font la plupart des gens lorsqu'un cheval a une jambe cassée, répondit Nobie. Sais-tu que les Indiens de nombreuses tribus, comme les Pieds-Noirs, ne tuaient pas les chevaux qui s'étaient fracturé un membre ? Ils le soignaient et le recyclaient, l'employant par exemple comme cheval de trait. Si le propriétaire du cheval était riche, il pouvait même le garder comme animal de compagnie. Les juments aussi étaient laissées en vie et destinées à la reproduction.

– C'est vrai, je devrais y penser pour Ebony. Elle serait sûrement heureuse d'être maman !

– Pourquoi pas ? Et puis tu sais, Alice, il y a parfois des miracles avec les chevaux…

Épilogue

Cette nuit-là, dans sa petite chambre mansardée, Alice rêva de milliers de chevaux galopant sous la lumière argentée de la lune. Elle se réveilla peu avant l'aube, enfila ses vêtements et passa la tête à travers la lucarne. Celle-ci donnait directement sur le grand pré que Saguaro partageait avec les yearlings, mais le mustang n'y était pas. Saisie d'une intuition, Alice dévala l'escalier et pénétra en trombe dans la sellerie. Le porte-selle de Nobie était vide, ses vieilles chaps en cuir ne pendaient plus au clou planté juste au-dessus. À l'extérieur, sur le parking derrière l'écurie, son van et son pick-up avaient également disparu.

Le cœur battant, Alice courut vers la petite cabane en rondins près de la rivière. Elle poussa la porte à toute volée, sans frapper. Les pièces étaient vides, le lit refait, recouvert d'une couverture pliée en quatre.

La jeune fille se précipita alors dans la maison principale et s'effondra, éperdue, dans les bras d'Ann qui sortait à l'instant de la cuisine.

– Ann, oh, Ann ! balbutia-t-elle d'une voix étranglée par les sanglots. Nobie est parti ! Avec Saguaro ! Ils ont disparu tous les deux !

– Je sais que Nobie est parti, Alice. Hier soir, il est venu nous voir avec Justin pour nous informer qu'il quitterait le ranch très tôt ce matin.

– Mais pourquoi ? Enfin, pourquoi ? Cela faisait seulement un mois qu'il était là !

– Il ne nous a pas dit où il allait, reprit Ann en lui caressant les cheveux. Mais Nobie est un Indien, Alice. C'est un solitaire, un nomade sans attaches, il ne reste jamais longtemps au même endroit, il repart comme il est arrivé, sans faire de bruit... Nous le savions dès le départ, et toi aussi !

– Mais pourquoi est-il parti sans me le dire ? cria presque Alice en se tordant les mains. Sans même me dire au revoir ? Sans rien me laisser ?

– Sans rien te laisser, tu crois ? répondit Ann très doucement. Je n'en suis pas aussi sûre que toi... Va donc voir à l'entrée du ranch, près de la boîte aux lettres.

Alice resta quelques secondes sans bouger, puis se précipita à nouveau dehors. Elle courut à perdre haleine sur le chemin de terre jusqu'au portail en bois. Saguaro était là, attaché au poteau de la boîte aux lettres, sellé et bridé. Il leva la tête à son arrivée. La jeune fille aperçut quelque chose briller sur son licol. En s'approchant, elle vit qu'il portait non pas la selle de Nobie, mais la sienne, gravée de ses délicates fleurs d'hibiscus. Sur la boucle du licol était accrochée la broche en argent que Nobie lui avait offerte le jour où elle avait monté Saguaro pour la première fois.

Alice comprit alors le magnifique message que le vieil Indien lui avait laissé : puisqu'elle avait, d'une certaine façon, perdu sa jument, il lui faisait don de l'étalon sauvage qu'ils avaient apprivoisé et sauvé ensemble. À la manière indienne, toute en symboles et en silences, il lui transmettait son bien le plus précieux, comme il lui avait transmis son savoir et ses connaissances. En même temps, il lui faisait le plus beau cadeau qu'il pouvait lui offrir, celui de sa totale confiance en elle pour chevaucher et posséder le fier étalon.

Riant à travers ses larmes, Alice détacha la longe du licol. Elle se hissa sur le dos de Saguaro. Se penchant au-dessus de lui, elle lui entoura l'encolure de ses bras et chuchota : « Je te retrouverai, Nobie. Je te jure que Saguaro et moi, nous te retrouverons un jour. » Puis elle rassembla ses rênes et, lentement, remonta l'allée en direction de l'écurie. Une étrange sérénité l'envahit. Elle sentit que son cœur s'apaisait, comme allégé d'un poids mystérieux. Alors que le soleil se levait derrière la montagne, Ebony sortit de son paddock et s'approcha de la palissade en boitant. Elle poussa un petit hennissement très doux, auquel Saguaro répondit par son hennissement habituel, puissant et sauvage. Et comme un écho, dans la tête de la jeune fille résonnèrent alors les paroles de Nobie : « Tu sais à quoi je pense, Alice ? Un jour, tu devrais mettre Ebony et Saguaro quelques semaines tout seuls dans un pré… Ça donnerait un sacré joli poulain ! »

Loin devant, se découpant sur le ciel enflammé, la cathédrale de pierre éblouit Alice de mille feux.

LE CAHIER ÉTHOLOGIQUE

L'éthologie est une science de l'observation.
Elle étudie le comportement et le mode de vie
des animaux dans leur milieu naturel.

Les mustangs et le BLM

Dans le roman, Nobie adopte un mustang qui vient d'être capturé par le BLM (*Bureau of Land Management* : le Bureau d'Aménagement du Territoire). Cet organisme existe vraiment : fondé en 1946, il est sous la tutelle du gouvernement américain. Depuis 1971, il gère la population de chevaux sauvages sur tout le territoire américain.

Les mustangs sont-ils vraiment « sauvages » ?

Sur le plan génétique, les mustangs ne constituent pas une véritable race de chevaux sauvages – à la différence des chevaux de Przewalski, par exemple, qui n'ont jamais été domestiqués par l'homme. Les mustangs sont les descendants de chevaux domestiques importés en Amérique par les conquistadors espagnols à partir du XVIe siècle. Échappés et disséminés dans la nature, ils se sont reproduits jusqu'à constituer une importante population dans tout l'Ouest américain. Dès la fin du XVIIe siècle, certains ont été capturés par des tribus indiennes, mais d'autres sont restés en liberté. Les mustangs ont ainsi développé une résistance inouïe aux conditions de vie dans une nature parfois hostile.

Comment est née la protection des mustangs ?

Pendant longtemps, les mustangs ont été qualifiés « d'animaux nuisibles » et massacrés sans pitié. Heureusement, Thelma Johnson, une amoureuse des mustangs, a mobilisé les foules pour les sauver. Grâce à sa détermination, le gouvernement américain a voté en 1971 le fameux *Wild Free-Roaming Horses and Burros Act*. Cette loi, qui place les chevaux et les burros (ânes sauvages) sous le contrôle et la protection du BLM, est fondamentale dans l'histoire des mustangs. Elle a permis d'éviter leur extinction définitive ! Depuis 1971, il est interdit de tuer un mustang aux États-Unis. Alors qu'en Australie, des milliers de brumbies (chevaux sauvages) étaient abattus à coups de carabine en toute légalité encore récemment !

Combien y a-t-il de chevaux sauvages aux États-Unis ?

En 1971, au moment où la loi a été votée, il n'y avait plus que 25 300 mustangs et burros en liberté. Ils sont aujourd'hui presque 37 000 ! Certes, cela signifie que les mustangs sont sauvés. Mais pour le BLM, cette augmentation n'a rien de réjouissant car il existe un réel problème de surpopulation. En effet, les mustangs n'ayant plus aucun prédateur naturel, une harde double ses effectifs en quatre ans seulement. Au fil du temps, les chevaux sont devenus trop nombreux à pâturer sur des territoires qui ne peuvent plus les nourrir en quantité suffisante, d'autant plus qu'il s'agit souvent de régions semi-désertiques.

Aujourd'hui, dix États possèdent des mustangs : l'Arizona, la Californie, le Colorado, l'Idaho, le Montana, le Nouveau-Mexique, l'Oregon, l'Utah, le Wyoming et bien sûr le Nevada, qui concentre près de la moitié de la population des mustangs. Le problème, c'est que les chevaux sauvages doivent partager leur territoire avec le bétail – vaches et moutons domestiques – qui pèse lourd dans l'économie de l'Ouest américain...

Le rôle du BLM est donc de trouver le juste équilibre entre les besoins des mustangs, les intérêts économiques des ranchers et le respect de l'écosystème (érosion du sol, etc.). Chaque année, le BLM décide donc du nombre de chevaux qu'il faut capturer et arracher à la vie sauvage. Pour cela, il existe un seul moyen, malheureusement très stressant : les pourchasser avec des hélicoptères et des 4 x 4 !

Le système de l'adoption et ses limites

Puisque les mustangs sont protégés par la loi américaine, le BLM a décidé de les proposer à l'adoption. Le principe est le suivant : toute personne répondant aux critères exigés peut adopter un à quatre mustangs, contre la somme modique de 125 dollars (environ 90 euros) pour un cheval, et 250 dollars (environ 185 euros) pour une jument et son poulain. Aujourd'hui, il est possible d'adopter des mustangs aux enchères sur Internet, ce qui peut faire monter un peu les prix !

Depuis la loi de 1971, le BLM a fait adopter pas moins de 225 000 chevaux sauvages. Mais le système de l'adoption a ses limites : d'une part, en dépit des critères stricts d'éligibilité (notamment le fait de ne jamais avoir été condamné pour cruauté envers un animal), les contrôles du BLM ne sont pas assez nombreux après l'adoption. Alice a raison de s'en inquiéter : on ne sait pas toujours si le mustang sera bien traité ! D'autre part, les demandes d'adoption sont insuffisantes : certes, les mustangs font rêver, mais parfois aussi, ils font peur... Certaines personnes préfèrent payer plus cher un cheval domestique, a priori plus facile et moins dangereux. Tout le monde n'a pas le courage d'affronter un cheval comme Saguaro !

Le BLM a donc mis en place un programme de dressage de chevaux sauvages, qui ne seront proposés à l'adoption qu'une fois familiarisés avec l'homme. Ce programme fait appel à des dresseurs spécialisés en chevaux sauvages, comme Nobie !

Par ailleurs, plusieurs milliers de chevaux non adoptés sont envoyés en « pâturage de longue durée », essentiellement en Oklahoma et au Kansas. Ils y sont nourris, tout en restant sous la protection du BLM.

Enfin, la recherche scientifique avance sur le « contrôle des naissances » des mustangs. Déjà utilisée sur certaines hardes, cette méthode (stérilisation des reproducteurs) permet d'éviter la surpopulation sans que l'on ait besoin d'arracher les chevaux à la vie sauvage. Elle constitue sans doute la solution idéale, mais hélas, elle coûte cher...

La bonne nouvelle, c'est que Barack Obama, le président des États-Unis, a demandé qu'on augmente le budget destiné aux chevaux sauvages de 12 millions de dollars. Dès 2011, cette somme permettra d'accélérer la recherche sur le contrôle des naissances, mais aussi d'acheter, plus à l'est, des terres qui seront transformées en réserves destinées exclusivement aux mustangs !

Les inconvénients de la vie domestique

En domestiquant le cheval, l'homme n'a pas réussi à modifier sa nature profonde. C'est la raison pour laquelle les mustangs arrachés à la vie sauvage, mais aussi les chevaux domestiques, peuvent dépérir ou développer des troubles du comportement si le mode de vie qu'on leur impose est trop éloigné de leurs besoins éthologiques.

La vie domestique, une cage dorée ?

Parmi les chevaux domestiques, il faut différencier les chevaux qui ont la chance de vivre au pré et les chevaux de club : ceux-là, toute la journée ou presque, vivent enfermés dans un box de trois mètres carrés (ou, pire encore, dans une stalle où ils ne peuvent même pas se retourner). Si le club est bien géré, les chevaux sont sortis au moins une heure par jour. Mais ce n'est pas toujours le cas, surtout en semaine...

De plus, le cheval qui vit en box est isolé de ses congénères. Tout au plus a-t-il la possibilité de voir ses voisins, ou de saluer d'un hennissement les chevaux qui passent devant sa porte. Quand on connaît l'importance des rapports sociaux entre les équidés, on comprend que ces rares contacts soient très frustrants !

Enfin, le cheval domestique ne peut pas manger 60 % de son temps, comme à l'état naturel. Il ne reçoit que trois gros repas par jour (parfois même deux), qu'il engloutit généralement trop vite car il n'aime pas avoir l'estomac vide.

Les conséquences de la vie domestique

Bien sûr, certains chevaux domestiques s'adaptent à cette existence si éloignée de leurs besoins éthologiques. Mais d'autres la supportent très mal ! Ils sont malheureux au box, s'ennuient à mourir, développent des tics (tic de l'ours, tic à l'appui, tic déambulatoire…) et se montrent difficiles sous la selle.

Ce dernier point est fondamental : trop de cavaliers oublient que les difficultés rencontrées avec leur monture proviennent le plus souvent du mode de vie totalement inadapté qu'on lui impose – et non d'un tempérament « vicieux » ! Frustré par le manque d'espace et de contacts avec ses congénères, le cheval développe des troubles du comportement et des réflexes de défense (refus de se laisser seller ou brider, ruades, cabrades…) qui sont sa façon à lui d'exprimer son mal-être.

À nous, les humains, de « voir les choses du point de vue du cheval », comme le disait si justement le grand chuchoteur américain Tom Dorrance, et d'améliorer ses conditions de vie. Si l'on ne peut vraiment pas le mettre au pré, nous devons au moins lui fournir :

Un box plus grand, équipé d'une litière propre et douillette, incitant à se coucher.

Un box facilitant les rapports sociaux avec ses voisins (pas de grilles en V).

Des repas plus fréquents, constitués de fibres longues (paille, foin) et pas seulement d'aliments concentrés.

Et surtout, le plus de sorties possible !

Le combat de Marthe Kiley-Worthington

Tous les amoureux du cheval devraient connaître son nom, même s'il est compliqué ! Cette éthologue anglaise se bat depuis des années pour le bien-être des chevaux, et plus particulièrement pour l'amélioration du mode de vie des chevaux domestiques. Ses études démontrent de façon provocante et impitoyable tous les inconvénients de la vie au box, qu'elle juge totalement inadaptée à l'équidé. Tu peux lire *le Comportement des chevaux* et *Sommes-nous cruels avec les chevaux ?*, aux éditions Zulma !

Le Morgan

Dans le roman, Alice est très fière d'Ebony, sa jument de race Morgan. Et pour cause ! C'est l'une des races les plus anciennes et les plus prestigieuses des États-Unis...

Les origines du Morgan

Tous les chevaux Morgan descendent d'un étalon bai de petite taille nommé Figure, qui fut acheté à la fin du XVIIIe siècle par Justin Morgan dans l'État du Vermont. Né d'un pur-sang anglais et d'une jument aux origines méconnues, Figure devint une légende dans la région : il était imbattable aux courses de trot ! Par la suite, sa capacité exceptionnelle à transmettre ses qualités à ses poulains fit de lui un étalon très recherché. Vers 1840, les éleveurs établirent les fondations de la race en se fondant sur trois générations, et la réputation du Morgan s'étendit à tous les États-Unis.

Une réputation d'améliorateur de race

L'intelligence, l'énergie et la distinction naturelle du Morgan le désignèrent rapidement comme l'améliorateur de race par excellence. C'est pourquoi il contribua à la formation de nombreuses races américaines, notamment le Standardbred (trotteur américain), le Quarter Horse, le Tennessee Walking Horse et l'American Saddle Horse. Aujourd'hui encore, on « utilise » le Morgan pour améliorer des chevaux manquant de panache !

Un cheval polyvalent

Bien qu'il soit, comme Ebony, de petite taille (entre 1,43 m et 1,54 m), le Morgan est très recherché dans le domaine du loisir comme des sports équestres. À la fin du XVIIIe siècle, il était déjà capable de tout faire : des courses, de l'attelage, du travail aux champs... Cette polyvalence a toujours été le point fort de la race, aujourd'hui représentée dans toutes les disciplines équestres : l'endurance, le *jumping*, le *reining* et, bien sûr, le dressage et l'attelage, qui mettent en valeur ses allures élégantes. Très vif et athlétique, le Morgan est pourtant doté d'un caractère en or, qui fait de lui le cheval familial par excellence. Il est aussi à l'aise en équitation anglaise que western, et bien sûr, son extrême beauté en fait une valeur sûre des shows !

Es-tu capable de communiquer avec les chevaux ?

Dans *Saguaro*, le vieux sage indien Nobie Wakantahoe apprend à Alice à « parler cheval ». Il lui enseigne tous les secrets de la communication non verbale, celle que les chevaux utilisent entre eux, et qui n'a rien à voir avec celle des humains ! Tout le secret de l'équitation éthologique est là : pour se faire comprendre des chevaux, il faut parler le même langage qu'eux !

Et toi, penses-tu être aussi doué(e) qu'Alice pour communiquer avec les chevaux ? Pour le savoir, amuse-toi à faire ce petit test : réponds aux questions en cochant une seule réponse à chaque fois, puis consulte vite les résultats !

1 - Avant de dresser Saguaro, Nobie passe beaucoup de temps à observer son comportement en liberté. À ton avis, cette approche « naturelle » est :

a) Inutile. Selon toi, une fois que le cheval est sellé, bridé et monté, il perd tous ses réflexes instinctifs et naturels. Alors, à quoi bon ?
b) Intéressante, mais tu ne vois pas vraiment comment l'exploiter au club, avec ta monture.
c) Essentielle pour comprendre les rapports hiérarchiques entre les chevaux, leurs émotions et leur mode de communication. Bref, tout ce qui te sera indispensable pour te faire comprendre de ta monture par la suite !

2 - D'une façon générale, pour obtenir quelque chose de ton cheval, quelle méthode utilises-tu ?

a) Celle de Nobie Wakantahoe, bien sûr : rendre inconfortable au cheval le mouvement qu'il ne doit pas faire, et confortable celui qu'il doit faire !

b) Tu places tes aides les unes après les autres, jusqu'à ce que le cheval finisse par comprendre ce que tu veux.
c) Tu emploies la force, qui reste la meilleure solution, quoi qu'on dise : cravache, éperons… tout est bon à prendre, du moment que le cheval sait qui est le maître !

3 - Au début de son dressage, Saguaro a tendance à faire des écarts en extérieur. Personnellement, comment résous-tu ce problème quand tu le rencontres ?

a) Tu serres les jambes et tu raccourcis tes rênes au maximum afin de bien « encadrer » ton cheval, et lui ôter toute possibilité de fuite.
b) Tu ne changes rien à tes habitudes, et tu te dis que ce cheval a tout simplement un problème qui passera bien avec le temps.
c) En montant le cheval rênes longues, afin de lui laisser sa liberté d'encolure. Ne se sentant plus prisonnier des rênes, il est moins tendu et plus en confiance !

4 - Le cheval réagit sur l'instant, en fonction de ses émotions. À ton avis, l'émotion que tu dois exploiter pour communiquer efficacement avec ta monture, c'est :

a) Sa bonne volonté au travail.
b) Sa peur de l'homme.
c) Sa recherche constante du confort et de la sécurité.

5 - Parmi ces dresseurs célèbres, lesquels t'inspirent le plus d'admiration ?

a) Pat Parelli, Monty Roberts, Ray Hunt… Bref, les fameux chuchoteurs américains !
b) Mario Luraschi, Lucien Grüss, Bartabas…
c) Gengis Khan, empereur des Mongols, réputé pour avoir soumis des milliers de chevaux à sa volonté.

6 - Alice monte toujours sa jument Ebony sans rien dans la bouche, en hackamore, et elle en est très fière! Et toi, si tu possèdes un jour un cheval, comment aimerais-tu le monter ?

a) En mors de filet traditionnel.
b) En hackamore ou même en licol.
c) En mors dur, de type western ou ibérique.

7 - À ton avis, pour se faire comprendre d'un cheval, quels outils de communication faut-il utiliser ?

a) Les enrênements et les embouchures avant tout : un bon mors, une martingale, un gogue... Tout ce qui permet d'avoir un cheval soumis.
b) Les aides traditionnelles, aussi bien naturelles (mains, jambes...) qu'artificielles (cravache, éperons...), car elles ont toujours fait leurs preuves.
c) Les aides naturelles, notamment la voix. Mais aussi un langage gestuel et corporel que le cheval reconnaîtra, puisqu'il s'agit du langage équin !

8 - Nobie apprend à Alice à pratiquer abondamment le travail en liberté, dans un *round pen*. Et toi, pratiques-tu cette méthode ?

a) Oui, régulièrement : c'est une excellente méthode pour communiquer avec un cheval, obtenir son attention et son respect.
b) Jamais, c'est complètement inutile. Le travail d'un cheval s'effectue sur son dos, pas à pied !
c) Tu aimerais bien, mais hélas ton moniteur ne semble même pas savoir que cela existe !

9 - D'une façon générale, si ton cheval ne répond pas correctement à tes ordres, que fais-tu ?

a) Tu emploies la force : chambrière, cravache, éperons, voire une bonne raclée... « À cheval maté, cavalier honoré » est ton proverbe préféré !
b) Tu repars à zéro en gardant ton calme et en plaçant tes aides le plus correctement possible.
c) Tu essayes de te mettre à la place du cheval, afin de comprendre sa réaction et de trouver une solution naturellement adaptée à ses appréhensions.

10 - « Voir les choses du point de vue du cheval », comme Nobie l'enseigne constamment à Alice, c'est :

a) La meilleure solution pour se faire comprendre de sa monture. On a trop tendance à raisonner en « humain » et non en « équin » !
b) Un principe qui, en théorie, te paraît logique et séduisant, mais que tu as du mal à appliquer concrètement.
c) Une absurdité complète. Depuis quand faut-il se mettre à la place du cheval ? C'est à lui de s'adapter à nous, pas l'inverse !

RÉSULTATS

Dans le tableau suivant, entoure à chaque question le sigle qui correspond à ta réponse, puis compte le nombre total de chaque signe obtenu. Celui qui revient le plus souvent t'indiquera si, comme Alice et son ami Nobie, tu es capable de communiquer avec les chevaux !

	a	b	c
1	☺	☆	☼
2	☼	☆	☺
3	☺	☆	☼
4	☆	☺	☼
5	☼	☆	☺
6	☆	☼	☺
7	☺	☆	☼
8	☼	☺	☆
9	☺	☆	☼
10	☼	☆	☺

Tu as obtenu un maximum de soleils

Tu sais parfaitement communiquer avec les chevaux

Bravo, tu es un véritable « chuchoteur » ! Comme Alice, tu as un don, une sorte de compréhension instinctive des chevaux. C'est un gros atout d'avoir, déjà à ton âge, une approche éthologique de l'équitation : celle-ci est fondée sur la compréhension du comportement des chevaux en milieu naturel. Tu aimes observer longuement les chevaux de ton club, par exemple lorsqu'ils sont lâchés tous ensemble au pré ou au paddock. À force de les regarder, tu as fini par apprendre leur « langage », silencieux certes, mais tout aussi explicite que notre langage verbal à nous les humains ! Tu as appris à décoder leur mode de communication, essentiellement gestuel, et à le reproduire dans tes relations avec ta monture. Résultat : tu parles vraiment la même langue que les chevaux, et cela te permet de communiquer avec eux d'une façon très efficace. Chapeau bas !

Tu as obtenu un maximum d'étoiles
Tu parviens parfois à communiquer avec les chevaux

À n'en pas douter, tu aimes énormément les chevaux et tu fais de gros effort pour mieux les comprendre. Tes réponses montrent même que tu as de bons « réflexes éthologiques », puisque tu penses souvent à te mettre à la place du cheval lors d'une situation difficile. Or, comme nous l'apprennent les éthologues et les chuchoteurs depuis quelques années, c'est la base de la compréhension profonde du cheval ! Ceci dit, tu as parfois tendance à rester « scotché » à tes connaissances théoriques, ce qui t'éloigne de la réalité. Essaye de passer plus de temps à observer les chevaux en liberté, à les travailler au sol et non pas toujours sous la selle... Tu verras que progressivement, le langage non verbal des chevaux deviendra pour toi clair comme de l'eau de roche !

Tu as obtenu un maximum de lunes
Tu es incapable de communiquer avec les chevaux

Aïe, aïe, aïe, c'est une catastrophe... Franchement, il n'y a pas d'autre mot pour désigner le malentendu total qui règne entre toi et le genre équin ! Tu as une approche très traditionnelle de l'équitation, rigide et étroite, qui ne prend absolument pas en compte le mode de communication naturel des chevaux entre eux et les rapports humains/équins. De ce fait, tu es souvent en conflit avec ta monture parce que l'un et l'autre, vous ne vous comprenez pas. C'est un peu comme si tu parlais le français, et ta monture le chinois... C'est aussi simple que cela ! Au lieu de te mettre à sa place et de « penser cheval », tu adoptes systématiquement un raisonnement « humain » auquel le cheval ne comprend rien. Or, pour parler la langue des chevaux, il faut apprendre à la décoder en effectuant une approche éthologique de l'équitation. Quant à la brutalité, elle ne sert à rien, au contraire : elle ne fait qu'empirer les choses et empêcher toute communication !

CET OUVRAGE
A ÉTÉ ACHEVÉ D'IMPRIMER
PAR NORMANDIE ROTO IMPRESSION S.A.S., 61250 LONRAI
EN MAI 2010
POUR LE COMPTE DES ÉDITIONS ZULMA

N° d'impression : 101785
Imprimé en france